文春文庫

鑑識課警察犬係

# 闇夜に吠ゆ

大門剛明

文藝春秋

# 目次 contents

鑑識課警察犬係

# 闇夜に吠ゆ

# 第一章　手綱を引く

## 1

平成十七年秋。広葉樹の葉を叩き落とすように雨が降り続く中、野見山俊二(のみやましゅんじ)は豊田市(とよた)内をバンで走っていた。

自動車産業で有名な豊田市といっても広く、大半は山だ。舗装されていない山道のぬかるみを進み、野見山はバンを停めた。

少し先で、地域課の警察官二人が話す声が聞こえる。

「雨の中ではきついな」

「レニーはまだか。どうしてこんな時に出動中なんだよ」

先に来ている警察犬が必死で探し回っているが、捜索願が出ている子どもはまだ見つ

ため池は水量を増している。

かっていないようだ。

「ごくろうさん」

声をかけると、警察官たちがはっとしてこちらを向いた。

「来てくれたのか、野見山さん。例の婆さんは？」

「無事に見つかった」

認知症の女性がいなくなったと連絡を受け、昼過ぎから出動していた。

「連戦になりますが、レニーは大丈夫ですか」

「知らん。仕事だからやるだけだ」

ぶっきらぼうな野見山に、警察官が顔をしかめた。いつもながら陰気な男だと思っているだろう。警察犬のハンドラーには社交性も求められる。我ながら困ったもんだと思うが、人も犬と同じで生まれもった性格は簡単に変えられない。

野見山は警察に入って二十一年目。元は地域課で働いていたが、鑑識課警察犬係に転属した。それから異例とも呼べるほど長く今の部署にとどまっている。刑事を志していたはずだが、いつの間にかそんな気は消え失せた。

後部ハッチを開けて、愛知県警と書かれたケージを開く。くたびれた黒い毛並みのジャーマン・シェパードが、よっこらせと降り立った。レニー号。十歳の雄だ。

休息は移動の時間のみ。疲労はピークだろうが、やらせてくれと目が訴えている。野見山はリードを握り締めつつ、汗なのか雨なのかわからない水滴をぬぐう。

こちらに気付いたのだろう、警察犬を連れた若い男がやってくる。

「レニー。よかった、来てくれたんだ」

そばかすの青年はしゃがんでレニーの頭を撫でると、顔を上げる。

「ああ、野見山さんも」

忘れていたように付け足した。この若造は桐谷陽介(きりたにようすけ)、野見山と同じ鑑識課警察犬係の巡査だ。ピアスの穴がふさがりきっていない。相棒のシェパードはフレディという。

「これを見てください」

桐谷が差し出したのは、泥だらけの赤いハンカチだった。行方不明になっている子どもの物らしい。

「この先の、川の近くで見つけました」

「そうか」

フレディがハンカチを見つけたが、そこで臭いが途切れてしまっているそうだ。川は増水し、濁った水が勢いよく流れている。こんなことを考えたくはないが、子どもは川に流されてしまったのかもしれない。

「もう夜になるし、大丈夫でしょうか」

「犬は夜の方が鼻が利く」

野見山は子どもの〝原臭〟を嗅がせた。レニーはサンダルの入ったビニール袋に顔を突っ込み、鼻を鳴らしながら臭いを嗅ぎ取っている。

袋からレニーが顔を出した瞬間、野見山は声をかける。

「レニー、探せ」

野見山の声符（せいふ）で、老犬の瞳に灯がともる。

ためらうことなく、レニーは川の方へと向かっていく。

頼んだぞ、相棒。

鑑識課の直轄犬であるレニーは、これまでに本部長賞を三度獲得し、数々の栄光を知っている。

「負けるな、フレディ」

桐谷は若い警察犬を叱咤するが、フレディは疲れ切っていて足取りが重い。一方、レニーは疲れなどみじんも感じさせない集中力で、ぐいぐいと野見山のリードを引っ張っていく。

向かう先は川だった。フレディがハンカチを見つけた場所だ。やはり川で溺れてしまったのだろうか。

絶望に包まれかけたとき、レニーはぴくりと動きを止めた。姿勢を低くして鼻を磁石のように地面に吸い付かせたかと思うと、川の向こう岸を見る。野見山の顔を見て、ワンと吠えた。向こうに回れと言っているようだ。

「いるのか、向こう岸に」

うなずくようにレニーは鼻を鳴らす。野見山は警察官に尋ねる。

「渡れますか」

「ええ。少し先に川が細くなっているところがありますので」

レニーが再び、リードを引っ張っていく。その力は歩を進めるごとに次第に強くなる。

川の向こう岸に渡ると、崩れた斜面から突き出た大きな夫婦杉が見えた。そちらを指さすようにレニーが吠えた。

ワオンワオン。

野見山が近づくと、夫婦杉の根元にうずくまっている女の子を見つけた。斜面を転がり落ちたのか傷だらけだ。その子に寄り添い、レニーが体を温めようとしている。

「大丈夫か！」

呼びかけると、女の子はうっすらと目を開ける。

まもなく救急車が到着して、子どもが運ばれていく。

救急隊員によると、低体温になっているが命に別状はないということだった。ただもう少し遅れていたら、危なかったという。

「さすがですね、レニー」

桐谷は目を輝かせている。

「雨の中の長期戦はこたえるんでな。さっさと終わって助かった」

よくやったと頭を撫でてやると、レニーは尻尾を振って喜んだ。桐谷はフレディに目をやる。

「野見山さん、どうしたらフレディもレニーみたいになれるんですかね」

「……さあな」

野見山の答えに、桐谷は顔をしかめた。

「はあ？　何かアドバイスはないんですか」

「レニーは初めからものが違う」

「何すかそれ、夢も希望もないじゃないですか」

「まあ、せいぜいがんばれ」

野見山はぶっきらぼうに答えた。

フレディだって優秀な犬だ。だがレニーと比べたら劣るのは事実だから仕方ない。野見山は仕事を終えてくつろぐ相棒に、いつもありがとよ、と心の中でつぶやいた。

台の上に一頭のジャーマン・シェパードが乗っている。

警察犬訓練所では、公開訓練が行われていた。

「みんな、いいかな」

明るい調子で小学生の団体に説明しているのは桐谷だ。

「この子はフレディ、二歳の男の子なんだ」

「かわいい」

子どもたちから歓声が上がる。

訓練所の物干し台には無数の白い布切れが干されていて、風にはためいている。少し離れたところに細長い台があった。

「あそこに穴の開いた台が見えます。選別台っていうんだよ」

選別台には穴が五つ開いている。

「穴にはそれぞれ布を入れます。五枚のうち一枚だけが当たりだよ。どこの穴に入れようか。誰か、決めたい人」

「はい、はい」

元気よく手が上がった。

桐谷に指さされて、一人の女の子が立ち上がる。桐谷は干されていた白い布を二つ、ピンセットで挟んで持ってきた。

「この布に君の臭いを付けるんだ」

言われたように、女の子は白い布を両手で揉んだ。

「どの穴に入れる？」

「右から二番目」

「よし。じゃあ、当たりの布を右から二番目に入れるね。フレディには内緒だよ」

「うん」

「さて、当たりの布と同じ臭いを嗅いで、フレディはどの布か当てられるかな」

桐谷はもう一つの布切れをピンセットで挟むと、十秒ほどフレディに嗅がせる。子どもたちが見守る中、小さな砂埃が舞う。フレディは飛ぶように十メートル先まで走った。

正解以外の布は誘惑布といって別の臭いが付けてある。原臭と同じ臭いの布切れを持ってこさせるのが、臭気選別と呼ばれる訓練だ。

フレディは右側の布からそれぞれの臭いをふんふんと嗅いでいき、二番目の布をくわえると桐谷の下へ戻った。

「正解」

「すごい！」

子どもたちは手を叩いている。えらいぞ、とフレディは頭を撫でられて嬉しそうだ。

「まぐれだよ、まぐれ。五分の一で当たっただけじゃないか」

帽子の男の子がいじわるそうに笑った。桐谷は余裕の表情だ。

「じゃあもう一回、見せてあげるよ。次はどこがいいかな」

「はい、はい」

元気よく手が上がった。

「一番左だね。よし、わかった」

さっきと同じようにフレディは五つの布から一つを選び出した。

「すごいすごい」

「犬の嗅覚は人間の百万倍なんだよ」

フレディは正解を当て続け、そのたびに歓声が上がる。半信半疑だった子どもも、みんなフレディに尊敬の念を抱いたようだ。

「警察犬で一番大事なことって何ですか」

「持来欲（じらいよく）……っていっても難しくてわかんないね」

投げたボールをくわえて持ってこようとする欲求のことだと、桐谷は説明し直した。素質は幼い頃からある程度分かり、何でもくわえたがる仔犬が警察犬に向くと言われている。

「食べ物でつって、練習するの？」

「それはご法度。食べ物がないとできない子になっちゃうからね」

桐谷はウインクした。

「代わりによくできたら、いっぱい褒めてやるんだ。みんなだって先生やおうちの人に褒められたらうれしいだろ？」

桐谷は教育番組に出てくる歌のお兄さんのようだ。ハンドラーとしては未熟だが、こんな才能があるとは驚きだった。

「捜査の時、ワンちゃんがうんちをしたくなったらどうするんですか」

帽子の男の子がふざけて言った。どっと笑い声が起きる。

「そうならないために、出動の前には必ずうんちをさせます。仕事に集中できなくなっちゃうからね。排便のトレーニングもあるんだ。ちなみにフレディは一日に六回、排便所に行きます」

「六回もうんこすんの？　すげえ、負けた」

何の勝負だよ。野見山は吹き出す。

「犬はしゃべれないから、うんちを観察するのはとても大事なんだよ。健康状態がわかるんだ」

うへえ、と声が上がる。

さてこっちも糞便の世話でもするか。野見山は〝犬を愛せよ〟という色紙を横目に、犬舎の中へと入る。レニーは歳のせいか、横になって休んでいた。

「その子がレニー号ですか」

後ろから声を掛けられ、野見山は振り向く。見覚えのない老夫婦が、にこにこして立っていた。公開訓練の見学者だろう。面倒だなと思いつつも、少しは残っている愛想をひきずり出した。

「ええ、そうですが」

「テレビの特集を見ましたよ。奇跡の警察犬だって有名ですよね」

見学者の相手は苦手だが、レニーを褒められるのは気分がいい。野見山は老夫婦の前でレニーを撫でていく。レニーは仔犬のようにひっくり返って腹を見せた。

かわいい仕草に老夫婦も喜び、レニーをそっと撫でる。

「子どもたちに混ざって見せてもらいましたよ。臭気選別ってのは本当にすごいですね。でも犬が間違えることもあるんでしょうか」

男性に尋ねられ、野見山はうなずく。

「ありますよ。だけど、レニーに関してはまずないと言っていいでしょうね」

「ほう。そんなに特別な犬なんですな」

老夫婦は犬舎をしばらく見学した後、帰っていった。

「野見山」

部屋に戻ると、係長が血相を変えて走り寄ってきた。

「ちょうどいいところに来た。県警から出動要請だ。市内のショッピングモールに爆破予告があったそうだ」

爆破予告？　その一言で背筋に緊張が走る。

「野見山、レニーと行ってくれ」

係長に言われて、野見山は犬舎に向かう。行くぞと言ってハウスを開けた。レニーは耳をピンと立て、尻尾を振っている。酷使してすまないが、レニー、お前を頼るしかないんだ。

「補助で桐谷もついていけ」

「わかりました」

フレディがどことなく寂しげにこちらを見ている。残念ながらフレディは警察犬の試験に合格したばかりで、爆発物探知の訓練は受けていない。

「桐谷、行くぞ。足手まといになるなよ」

「はい」

バンのハッチを開けると、レニーは飛び乗る。野見山は車を出した。

鑑識課のバンは、現場のショッピングモールに到着した。ハッチを開くと、レニーが勢いよく降り立つ。

「いたずらだとは思うんですが……」

モールの責任者が言った。すでに従業員は退避させ、客も締め出したという。野見山たちだけでなく税関からも麻薬探知犬が来ていた。あの犬たちも爆発物探知の訓練を受けているのだろう。

「爆破予告時刻は午後六時です」

時計を見ると、四時四十九分だった。あと一時間ちょっとか。

「お前さんらが頼りだ」

顔見知りの刑事がレニーの頭を撫でた。うれしそうに尻尾を振ると、任せろとばかりに小さく吠える。その横に桐谷が立った。

「うちのレニーの能力は日本一ですから安心してください。俺が保証しますよ」

偉そうなことを言っているので、こつんと頭を叩いてやった。

桐谷なんぞに保証されなくとも、レニーの実力は誰もが認めるところだ。野見山はレニーとともに本部長賞をはじめ多くの表彰を受けてきたが、それは相棒であるレニーが飛びぬけて優秀だったからだ。

「頼むぞ、レニー」

野見山とレニーはさっそく、爆発物の発見に向けて捜査を始める。

爆破予告なんてほとんどがいたずらだ。しかし万が一があってはいけない。

しばらく歩みを進めると、レニーのリードを引く力が強くなった。

フロアに鼻をこすりつけるように、ぐいぐいと引っ張っていく。

やがて、おもちゃ売り場でレニーは動きを止めた。野見山の方を振り返り、一声吠える。

「はっや。野見山さん、ここでしょうか」

「そのようだ」

レニーの視線の先、戦隊ヒーローのフィギュアが飾られたガラスケースを野見山は見つめた。人形の陰になっている奥の方、不自然なガムテープが貼られている。ライトで照らして覗き込んでみると、隙間に雷管が顔をのぞかせた。デジタル時計がカウントダウンをしているのがはっきりと見てとれる。

「うわあ！　初めて見た。これマジじゃないっすか」

「桐谷、本部に連絡しろ」

「は、はい」

どうやら間に合ったようだ。それにしてもレニーの能力にはいつも驚かされる。これだからいつまで経っても引退させてもらえない。事前に人を避難させているとはいえ、爆発したら被害は甚大だ。レニーを撫でながら、野見山は息を吐きだす。もう一度じっくりと爆弾を見て、はっとした。

「これはまさか……」

雷管の伸び方、貼られたシール、確かに見覚えがある。

やがて機動隊がやってきて、爆発物の処理が速やかに行われた。

「野見山さん、もう大丈夫ですので」

「ああ」

「また表彰もんだな」

「お手柄だよ、レニー」

爆発物処理班の連中が口々に言って、レニーを撫でていく。

ただ野見山は半分上の空だった。口を真一文字に結ぶと、遠ざかっていく爆発物処理車を見つめる。

やはり気のせいなどではない。あれは二年前、とある事件で見た爆弾によく似ていた。

2

ショッピングモール爆破を未然に防いだレニーと野見山は、警察から表彰を受けた。誇らしくはあるが、幾度目かともなると日常の一コマだ。いつもと同じ訓練に戻り、練習用の障害に向かってレニーが勢いよく駆けていく。

かなりの高さがあったが、軽々と飛び越えた。レニーの体力はまだ十分であり、能力の健在ぶりも証明されたわけだが、口元の毛が随分と白くなった。老犬のあかしだ。

「野見山さん」

桐谷が声を張り上げて手招きしている。

「会いたいって人が来ています」

犬舎の前に、車椅子に乗った女性の姿があった。ワンと一声啼くと、レニーは勢いよく走っていく。彼女に飛び着き、くうんくうんと甘えている。

「レニー、いい子だねえ。よしよし」

下川秋穂。警察犬の訓練士をしていた女性だ。レニーにぺろぺろと顔をなめられながら、くすぐったそうに笑っている。

「仕事中にごめんね」

「いいよ。ちょうど休憩にしようと思っていたところだ。どうしたんだ?」

秋穂の実家は警察犬訓練所を運営していたが、二年前に廃業した。

警察犬には二種類ある。レニーやフレディのように鑑識課が管理する直轄警察犬と、民間の訓練所にいる嘱託警察犬だ。警察は民間の訓練所からふさわしい仔犬を購入し、直轄犬として育成する。一方の嘱託犬は、警察から協力要請を受けたときだけ出動する。

もともとはレニーも、秋穂の実家の嘱託警察犬だった。だが当時の鑑識課長がその優秀さに目をつけて、例外的に成犬を直轄警察犬として譲り受けたのだ。

「ニュースで見たの。レニー、また活躍したって」

まるで自分のことのように秋穂はうれしそうだ。

「君に命を救われたおかげで、今のレニーがいる」

そう言うと秋穂ははにかんで、レニーに手を伸ばす。毛並みを整えるように優しく触れると、気持ちよさそうにレニーは目を細めた。

「おじいちゃんになっちゃったね。出会った頃はまだ仔犬だったのに」

今から十年も前のことだ。

「動物愛護センターで死ぬ寸前だったとは、誰も思わないだろうな」

「ええ。虐待されて捨てられたなんてひどすぎるよね」

飼い主のいない犬や猫は、ドリームボックスといわれるガス室で殺処分されるのだ。死刑執行の日付はまもなくだった。

「自分がどうなってしまうのか、この子はわかっていたんだよね。おしっこを垂らして、死にたくないって震えていた。それを見たら放っておけるわけないじゃない」

慈母のような顔で秋穂はレニーを撫でた。

「あの時は必死だったな。この子一匹を助けたところでどうしようもないのに、自分の中でせりあがってくる何かがあったの」

そのがりがりに痩せた仔犬を、秋穂は連れて帰った。

雨の日にやってきたからレイニーという名前が付けられたが、いつの間にかレニーと呼ばれるようになっていた。

「最初は人に怯えて全然なつかなかったんだよね。餌も食べないから、すごく心配だった。でもちょっとずつ心を開いてくれて……」

「警察犬にする気なんてなかったんだろ？」

「そうなの。だけど他の子が訓練しているのを見て、レニーが自分もやりたいって。試しにやらせてみたら、どの子よりも一生懸命で」

「助けてもらった恩返しのつもりかもしれないな」

レニーは大好きな秋穂に遊んでほしくてたまらないようだ。

「ほら、レニー。いくよ」

ボールを投げると追いかけていき、口にくわえて戻ってくる。秋穂に褒められて大はしゃぎだ。

「あっ」

レニーが飛び着いたせいで車椅子が傾く。とっさに野見山が支え、事なきを得た。申し訳なさそうな顔で、レニーは秋穂に擦り寄る。

「レニーは悪くないよ。思いっきり遊んであげられなくてごめんね」

かつての秋穂は健康的に日に焼けて、家業を継いで日本一の名犬を育てるという夢を持っていた。それなのに……。

　二年前、民間訓練士として警察犬と捜査中、秋穂は地下鉄爆破事件に巻き込まれた。エリスという名の雌犬が、秋穂をかばって死んだという。おかげで命はとりとめたものの、脊髄を損傷して下半身が動かなくなってしまった。

　秋穂の負傷とともに、彼女の実家の警察犬訓練所は閉鎖された。

「手術が終わったら、思いきり遊んでやれるようになるさ」

「うまくいくかな」

「もちろんさ。きっと歩けるようになる。もし、そうなったら……」

　言いかけて、野見山は口ごもった。しつこい男だと嫌われるだろうか。ごまかすようにレニーの頭をわしゃわしゃと撫でた。それを見て、秋穂は微笑む。

「レニーの活躍を聞くと、元気がもらえるの。野見山さん、レニー、頑張ってね。私も手術、頑張るから」

　そう言って、秋穂は帰っていく。

　レニーは名残惜しそうに、いつまでも彼女の後ろ姿を見ていた。どこかで様子をうかがっていたのか、桐谷がタイミングよくやってくる。

「ハンドラーだった人なんでしょ？　きれいな人ですね」

　ああと言って、野見山は目をそらす。だがそれ以上、桐谷は秋穂との関係について追及してこなかった。やれやれ、こいつが鈍くて助かった。

「さて、訓練再開するぞ」

レニーを挟んで、二人は歩き始める。

彼女に言えないことがあった。

ショッピングモールで発見した、あの爆弾のことだ。あれは地下鉄爆破の時に使われた物と同じではないのか。いや、そんなはずはない。犯人はとっくに捕まっているのだ。考えすぎだと首を横に振る。

「野見山さん、フレディの臭気選別、見てくれましたか。百発百中でしょう。警察犬としてそれなりになってきたかなって思いません？」

目を輝かせる桐谷に、ため息を漏らす。

「お前のやってる臭気選別は、それだけじゃ不十分なんだよ」

「えっ、どうして？」

「フレディに本当の臭気選別ができるかどうか、これから試してやる。フレディを連れて来い」

野見山は選別台に布を設置する。

「これが原臭だ」

「はい。任せてください」

桐谷はピンセットで挟んでフレディに嗅がせた。指示を受け、勢いよくフレディが駆けていく。選別台の前で振り返ると、行ったり来たりを繰り返す。だが意を決したように、右端の布をくわえて駆け戻ってきた。

「よっしゃ！」

桐谷がガッツポーズをした。

「残念だったな。不合格だ」

「え、はずれっすか」

手本を見せてやる。そう言って野見山はレニーに同じ原臭を嗅がせる。すぐに勢いよく飛び出した。

だが選別台まで行ったのはいいが、フレディと同じように行ったり来たりを繰り返している。やがてあきらめたようにレニーは戻ってきた。

「ほら、レニーだってダメじゃないですか」

だが野見山は何も持たずに帰ってきたレニーをよしよしと撫でてやる。桐谷は狐につままれたようにぽかんと口を開けていた。

「野見山さん、何すかこれ」

納得いかなそうな桐谷の鼻先に、野見山はさっきの布を差し出す。

「選別台には、これと同じ臭いの布なんてない。だから持ってこないことが正解なのさ」

「引っかけ問題ですか」

「ゼロ回答選別だ。五つの布から一つを選ぶよりずっと高度になる。言うならマークシートの試験で、マークしないことが正解ってことだから」

探せと訓練されているのに、持来せずという判断をするのがどれだけハードルの高いことか。ゼロ回答選別は経験豊富な警察犬でも容易ではない。

「ただフレディは見どころがある。持ってくる前に、迷っていただろう。選別台に原臭と同じ臭いがないことに気付いていたかもな」

おお、と桐谷は手を打つと、フレディの頭を撫でた。

「いつも必ずどれか一つを持ってくるように訓練しているもんな。同じ臭いの布がなくても、どれか持って帰らなきゃって思ったんだな。健気なやつめ」

かわいくて仕方ないといった様子だが、健気でも不合格だ。

「ゼロ回答選別の訓練は難しいぞ。持来欲に反しているから、犬のやる気をそぐ恐れがある。それでも警察犬として完成するには、ゼロ回答選別は絶対に乗り越えないといけない壁だ」

深いっすね、と桐谷はうなずく。

ふと見上げると、壁の色紙が傾いていた。風にあおられたのだろうか。桐谷は背伸びをして、色紙の向きを整える。

「そういや野見山さん、俺、この言葉にずっと違和感あるんすよ」

〝犬を愛せよ〟と達筆で書かれていた。かつての鑑識課長が書いたと聞くが、見る限り色あせて随分と年季が入っている。

「こんなのわざわざ掲げる意味なんてない。愛せよなんて言われなくても、愛さざるを得ないじゃないっすか」

　桐谷はフレディとじゃれあうようにして芝生を転がった。お前は犬かと言いたくなるが、若さがうらやましくもある。最初はヤンキーに警察犬の世話が務まるのかと思ったが、今では少し認識が変わっている。こいつは本当に犬が好きなんだ。俺なんぞより、いいハンドラーになるかもしれない。

　部屋に戻ると、声がかかった。

「野見山さん、係長が呼んでましたよ」

「何の用事だ？」

「さあ」

　特に気にせず向かうと、係長は無精ひげを撫でた。

「野見山か。そこに座れ」

　はいと言って長椅子に腰を下ろした。

「桐谷はどうだ？　全然だめだと言っていたが、ちょっとはましになってきたか」

「ええ。あいつは犬の気持ちを汲み取るのがうまいです。フレディもようやく素質が花開きかけてますし」

「そりゃよかった」

人のことを褒めるなんて珍しいなと係長はニヤニヤしたが、やがて真剣な表情になった。

「お前に用事ってのは、二年前に起きた地下鉄爆破事件のことだ」

思わぬ言葉にはっとした。忘れもしない、秋穂をあんな目に遭わせた事件……。

「犯人は手嶋尚也（てしまなおや）って男だ。無期懲役判決が下っている」

「ええ、よく知ってます」

控訴していると聞いたが、無駄なあがきだ。

事件はひどいものだった。地下鉄構内に設置された爆弾が爆発。死者こそ出なかったが、重軽傷者三十一名という大惨事だった。

手嶋尚也は高校生の時に爆弾騒ぎを起こした過去があり、現場の地下鉄駅近くで目撃されていた。自宅からは、爆発物を製造可能な物資が見つかっている。

だが手嶋は容疑を否認。無実を主張した。裁判の行方を決めたのは、レニーの臭気選別だった。現場に残された手袋が、手嶋の臭気と同じであると選別したのだ。通常、裁判において犬の臭気選別は決定的な証拠にはならない。しかし他の証拠が微妙な場合、判断に影響することもありうるのだ。

「……検事が話し合いに来て欲しいと言っている」

「どういうことです？」

「弁護側の訴えを飲んで、控訴審で臭気選別の検証をやるそうだ。手嶋のやつ、犬コロのせいで犯人にされたってよ」

「あの野郎」

野見山は怒りで震えるのを感じた。

「いいですよ。検証でもなんでも受けて立ってやります」

ドアを閉めて部屋を出た。

3

その日、野見山は裁判所の一室にいた。

臭気選別の検証に向けた話し合いで、当時の鑑識課警察犬係として意見を述べることになったのだ。弁護側は第一審での臭気選別が誤りであり、冤罪だと主張している。

弁護士が質問した。

「野見山さん、臭気選別の練習ではハズレの布を穴にきつく入れて、わざと抜けにくくすることもあるそうですね」

意見を求められて、野見山は口を開く。

「まあ、はい」

素直に答えた瞬間、質問の意味を把握した。

「でも本番ではそんなことしませんよ。あくまで練習段階での話です。犬のやる気を引き出すため、正解しやすくして成功体験を積ませるだけのことです」

とりつくろうが、弁護士は、なるほど、といやらしそうな顔をした。

「布を設置する際、誘惑布よりも手嶋の臭いが付いた布を入れるときの方が時間がかかっていますよね」

何か細工をしていたと言いたいようだ。下衆の勘繰りも甚だしい。

「提案があります」

手嶋の弁護士が手を挙げた。

「検証での正確を期すため、レニー号のハンドラーは野見山巡査長がやるべきでないと考えます」

いきなり思わぬ申し出だった。

「この動画を見てください。第一審の臭気選別の様子を映した動画です」

画面に再生されたのは、野見山がレニーに臭気選別をさせる様子だった。

「選別台のどの穴に手嶋の臭いの布があるか、表示板に記されています。ハンドラーの野見山巡査長は背面姿勢なので見えません。しかし、表示板を見た立会人や他の捜査官の反応で答えを知りえたわけです。リードを引く手の動きや声符などによって、レニー号に手嶋の臭いの付いた布の在りかを伝えていた可能性もあります」

「おい！」

思わず野見山は立ち上がった。不正など、絶対にない。俺とレニーがどれだけ血のにじむような訓練を繰り返してきたと思っている。そのプライドを自ら汚すことなどするものか。

「野見山巡査長、発言は名指しされてからにしてください」

裁判長にたしなめられてしまった。検事が顔をしかめている。

「弁護側がハンドラーの交代を提案する理由は、ハンドラーによる指示・誘導だけではありません。クレバー・ハンス現象、その可能性を危惧しているからです」

野見山はさかしげな顔をした弁護士をじっと睨む。

犬の調教をする者なら誰でも知っている有名な話だ。二十世紀初頭のドイツにハンスという名の計算ができる賢い馬がいた。だがこの馬は本当に計算ができたのではなく、周りの表情や反応を察知していただけだという。

「レニー号が臭気を感知した結果ではなく、ハンドラーの顔色や動きを見て布を持ってきた。そういった可能性を排除する必要性があると主張します」

くそ、こいつら……。野見山は歯ぎしりした。レニーだけでなく警察犬そのものを侮辱されているように感じる。秋穂が聞いたらどんなに悲しむだろう。

「ならいいですよ」

つぶやくように野見山は言った。

「どういう意味ですか。野見山巡査長」

裁判長が問いかける。

「私は不正などしていません。命を懸けてもいい。クレバー・ハンス現象についても十分に気を付けています」

野見山は間を空けて、弁護側を睨んだ。

「でもそんなことをいくら口で言っても無意味なんでしょう。だったらお望みの条件どおりに検証してください。私を疑うなら、うちの若手にレニーのハンドラーをやらせたっていい」

こちらが急に開きなおったので弁護側はどことなく不安そうだったが、しばらく話してまとまった。

「じゃあ、レニーを扱うハンドラーは桐谷という巡査にお願いしましょう」

検事はいいのかという顔だ。だが納得のいくように実施してもらうことで、レニーの正しさを証明すればいい。

「正解の表示板は設けず、選別台のどの穴に布を入れるかは当日、担当官だけに伝えるということでどうですか。臭布の作成や設置についても厳正に執り行われるように、裁判所書記官が担当してください」

弁護側はここぞとばかりに提案を続ける。

「では検証はこの条件で後日、行うということでよろしいですね」

弁護側の言い分がほとんど通る格好で協議は終了した。

外へ出ると、昂っていた気持ちがようやく落ち着いてきた。まあ、いい。代役の桐谷もちゃんとやってくれるだろうし、何も問題ない。

そうだろう？　なあ、レニー。

警察犬訓練所では警戒訓練が行われていた。

防護服を着た桐谷がいる。襲えという声符を受けて、フレディが桐谷に跳びかかっていく。

「た、助けてえ！」

桐谷が地面に転がりながら、苦しそうに声を上げていた。リアクションが大袈裟すぎて、鑑識課の誰もが面白がって訓練を終了させようとしない。

「ちょっと、野見山さん、助けてくださいよ」

ピエロか、こいつは……。

苦笑いしたが、野見山の思考はそこにない。頭には検証のことがあった。手嶋が無実だと言うなら可能性は限られる。不正があったか、レニーが間違えたかの二つだ。だが百パーセント不正はない。そうなると残る可能性は俺とレニーが間違えたことだけだ。だがそんな可能性があるだろうか。

明らかにレニーはここ最近、一気に老いた。その能力も落ちている。だがそれでも今も警察犬としてトップレベルの実力を有しているはずだ。

野見山はレニーの排便が終わると、訓練場に連れていく。いつものように選別台を用意する。

二重のナイロン袋に白い布が入っている。訓練では遺留品を想定した物から臭いを布に移す。これは移行臭と呼ばれ、犬に嗅がせる。

野見山が白い布をピンセットで取り出して、レニーに嗅がせようとしたとき、背後から声がかかった。

「野見山さんですね」

振り返ると、以前にも見た老夫婦の姿があった。そういえば公開訓練のときにも熱心に見学していた。

「ショッピングモールの爆発を防いだってニュースで見ました。レニー、また活躍だったみたいですね」

「はあ」

いろいろあって、そんなことは思考から飛んでいた。

「今日は一般公開ではないので、申し訳ありませんがお引き取り願えますか」

できるだけ愛想よく言ったつもりだが、老夫婦は帰ろうとしない。

「野見山さん、いいですか」

少し間があって夫はそう言った。

「何ですか」

「あなたに謝りたい」

前に話をしただけで、名前も知らない老夫婦。謝られるようなことは何もない。

「犬が好きなことに嘘はありません。でもこちらの正体を隠したまま、情報を得るようなことをしてしまって」

野見山は黙って見つめ返す。何が言いたいんだ。口を閉ざしていると、夫は続けて話した。

「犬はとてもかわいいですよね。私たちだって警察犬の必死な姿には心打たれます。まして やレニーは老犬なのに頑張っていて健気です。でもね、だからってこの子たちを信用しすぎるのもどうかと思うんですよ」

何だろうこの言葉の棘は。明らかにこちらを責めるニュアンスがある。

やはり普通じゃない。この老夫婦、何者だ。

少し間があって、妻が言葉を引き継ぐ。

「私たち、手嶋尚也の親なんです」

あまりのことに、言葉が出なかった。

「息子は無実です」

二人はじっとこちらを見つめた。

「事件のあった時刻に、私たちと一緒に家にいたんです。それなのに、嘘をついてかばおうとしているんじゃないかって信じてもらえなかった」

「私たちの言葉より犬の判定が信用されるなんておかしいでしょう」

口ではどうとでも言える。そう言い返したかったが飲みこむ。二人の言葉が途切れるのを待ってから、野見山は口を開く。

「レニーの臭気選別が間違っていたとでも?」

野見山が言うと、二人は同時にうなずいた。目が据わっている。

「言いがかりはやめてください。レニーが間違えるはずがありません」

「息子は無実です」

そう言い残し、手嶋の両親は去っていった。

野見山は大きく息を吐き出す。

レニーが臭気選別を間違えるはずはない。だがなぜだか胸騒ぎがした。不安を鎮めるように、中断していた訓練を再開する。

「待たせたな、レニー」

この訓練を何万回、繰り返してきただろう。

野見山は臭いの付いた布を嗅がせた。

レニーは走り出す。そしてためらわず、一枚の布を持ってきた。それ見たことか。レニーは完璧だ。

よくやったと撫でてやったが、何かがおかしい。

手元をもう一度よく見る。違和感の正体に気付いて、野見山ははっとした。

嗅がせた布は、正解の布と同じ臭いではなかった。こんなことは普段ならありえないのだが、手嶋の両親に途中で邪魔をされて布を取り違えてしまったのだ。

「……まさか」

レニーは今、間違えた。

「いや、たまたまだ」

警察犬試験でも四回中二度のミスは許されるし、百パーセントの精度は求められない。

だが、いつも完璧だったレニーが間違えるなんて。そんなのは初めてのことだし、ショックは大きかった。

野見山はもう一度、選別台を用意する。

今度はさっきより難易度を上げた。

原臭とよく似た紛らわしい誘惑布を五枚配置する。難易度の高いゼロ回答選別だ。

「行くぞ、レニー」

選別台に向かうレニーを見ながら、頼むぞと思わず拳に力が入る。少し迷っているか。そう思った瞬間、レニーは食いちぎるように一枚の布をくわえる。ダメか。だがすぐにその布を捨てて何も持たずに戻ってきた。

よし、正解だ。

野見山はふうと胸を撫でおろし、レニーの頭をよしよしと撫でてやる。これだけ難易度の高い選別をクリアできるのだ。珍しく間違えたからといって、神経質になることはない。だが、まだ少しひっかかる。

「すまんな、レニー、念のためだ」

野見山はもう一度だけと選別台を準備する。さっき失敗した臭気選別と同じ条件を設定して、原臭を嗅がせる。

レニーは走り出すと、一枚の布をくわえてすぐに戻ってくる。その得意げな顔とは裏腹に、野見山の表情は凍り付いていた。

「……そんな馬鹿な」

レニーが選んだのは、原臭とは違う臭いの布だった。おかしい。これくらいの臭気選別、レニーができないはずがない。

野見山は使用した臭気布を確認する。どうしてだ？　考え込んだ挙句、少し気になることが頭に浮かんだ。事務室へ戻り、過去の記録を紐解く。手嶋の裁判における臭気選別について、片っ端から読み漁った。

それから再びレニーのもとへ向かうと、臭気選別訓練を繰り返していく。条件を変えながら確かめるうちに、野見山の中で何かが大きく変わっていった。

こんなことが……。

不安は的中した。手嶋の両親が言うように、レニーは間違えたのかもしれない。そんな考えが心を支配していく。

布をくわえてこちらに向かう途中、小石につまずいてかレニーはよろめいた。

野見山は駆け寄ると、レニーを抱きしめていた。

「もういい。いいんだよ」

いまだに警察犬として第一線で活躍しているが、こうして見ると疲れ切った老犬だ。

あの日のレニーの臭気選別が誤りだったとしたら。思い浮かぶのは秋穂のことだ。彼女はどう思うだろう。

息子は無実です。

手嶋の両親の訴えが心に響いている。秋穂の自由を奪った仇として、ずっと手嶋を憎んできた。だがこの事実に気付いてしまった以上、黙って見過ごすわけにもいかないだろう。

そう思ったとき、携帯の着メロが鳴った。

登録されていない番号だったが、野見山は通話に出た。

「野見山さん？　秋穂の母です」

思いもかけない相手だ。どうしたんだ。ただ事でないことは声でわかる。

「秋穂が……薬を大量に飲んで自殺を図ったの」

しばらく言葉が出なかった。入院先を聞くと、すぐ行きますと言って通話を切った。

病室のベッドには、秋穂が目を閉じて横たわっていた。

隣で母親が、肩を落として座っている。

「心配しないで。今は落ち着いて眠っているだけだから」

秋穂を永遠に失うかもしれないところだった。彼女の青白い顔を見つめていると現実感が湧いてきて、今さらながら足が震えてくる。

「どうして秋穂さんはこんなことを」

問いかけると、母親は間を空けて答えた。

「手術がね……失敗だったのよ」

「えっ」

「歩けるようになる見込みがないって」

口は開いていたが、言葉が出てこなかった。

「ずっと頑張っていたのよ。リハビリも人の何倍も努力していた。絶対にもう一度歩けるようになって、訓練士に復帰するんだって」

「そう……ですか」

どうして運命は秋穂にむごくあたるのだろう。捜査中の爆発で大好きな犬を失い、体の自由が利かなくなった。それでも訓練士に戻りたいというのは、よっぽどの思いがあるということだ。

ベッドサイドにはレニーと一緒に写っている写真が飾られていた。嘱託犬として訓練していたころのものだろう。

「こんなことを野見山さんに言うのはあれだけど……秋穂はね、レニーを手放したことをずっと後悔していたの。それだけかけがえのない存在だったから。レニーがそばにいなくなってしまってさみしいけれど、活躍を聞くことを何より楽しみにしていたわ」

母親は無理して笑ってみせた。

「秋穂はまた頑張れるはず。どうか野見山さん、レニーと活躍して、あの子に元気を届けてやってくださいね」

「ええ。もちろんです」

頭を下げて、病室を出た。

まっすぐに母親の目を見ることができなかった。こんな状況で言えるはずがない。レニーの臭気選別がもとで冤罪が起きたかもしれないなんて。これ以上、秋穂を苦しめることなんてできるものか。

野見山は居酒屋で珍しく大酒を食らった。

どうすりゃいいんだ。

酔っぱらいながら細い道をとぼとぼと歩いていくと、街灯が切れかかっているのか点滅していた。頭上に気を取られていたせいで、危うくつまずきそうになる。情けない気持ちで顔を上げると、一匹の野良猫が向こうからやってくるのが見えた。こちらに気付いてもおびえるそぶりはなく、悠然と通り過ぎようとしている。

だが次の瞬間、猫はびくっと動きを止めた。

耳をとがらせて、どこかへ走り去っていく。急にどうしたんだろう。野見山が何かしたわけでも、他の野良猫がいたわけでもない。

辺りを見回していた時、はっとした。

そして同時に、思いもしない考えが浮かんだ。

できるのか、こんなことが……。

突拍子もない考えに思えた。しかし考えれば考えるほど、これしかないと思えてくる。

真実を捻じ曲げることになるが構いやしない。秋穂のためなら、俺は何だってやってみせる。

4

検証の日、空は秋晴れだった。

野見山は小牧にある警察犬訓練所にバンで向かっていた。後ろの荷室にはレニーが乗っている。

「どうだ？ 調子は」

助手席の桐谷に声を掛ける。さすがに緊張しているのだろう、表情はすぐれない。

「アウェイですからね」

あれから更なる話し合いがもたれ、検証は別の場所で行われることが決まった。野見山たちのホームでは不正が防ぎきれないという弁護側の申し出があったからだ。

「でも野見山さんの希望は通ってよかったです。布の設置くらい誰にでもできると思われちゃあ、専門職の意味がないですもんね」

選別台の穴に布を入れる係は、裁判所書記官ではなく野見山がすることになった。ただし正解の布以外をきつく入れることがないよう、監視付ではあるが。さらにクレバー・ハンス現象を防ぐため、設置後は桐谷たちの背後に回り、遠く離れるという条件で同意された。

「目隠しもされるそうです」

「レニーが?」

「俺ですよ。いつもの背面姿勢で十分なのに徹底してますよね。人前で目隠しされるなんて……人質にでもならなきゃ、なかなかできない経験っすよ。どきどきするなあ」

「でも大丈夫ですよ。レニーなら問題なくやってくれるはずです」

どこか感想がずれている気もするが、まあいい。

「ああ、もちろんだ」

野見山はうなずく。そうだな。どんな状況でも、こちらがやることは変わらない。

「それより野見山さん、気になることがあるんですよ」

「どうした?」

「フレディの調子がどうも変で。最近、レニーの訓練をしているときだけ落ち着かなくなるんです。他の犬たちも似たような感じみたいで」

どうしちゃったのかな、と桐谷は首をかしげていた。野見山はハンドルを黙って握る。まさかこいつ、気付いているのか。いや、そんな素振りはない。深読みしすぎだろう。どういう形での検証になろうが、うまくいくはずだ。

やがて会場に到着し、ケージからレニーが降りる。桐谷はレニーと目を合わせるようにしゃがみこんだ。

「今日はよろしくな」

レニーは桐谷の顔をぺろぺろ舐めた。野見山はリードを差し出す。

「しっかりやれ」

桐谷の肩を叩くと、レニーがこちらを見上げた。何か言いたげな瞳がじっと向けられている。その視線を振り切るように、野見山は彼らのもとを離れた。

思えばおかしな検証だ。弁護側は手嶋の無実を証明しようとしている。それに対し、こちらはレニーの無実を証明しようとしている。そんな感じだ。

会場に手嶋の姿はないが、裁判官や弁護士、検事たちが集結している。録音録画用のビデオカメラが何台も設置されていた。

リードを持つ桐谷には、すでに目隠しがされている。裁判所係官から一枚の用紙が渡された。どこへどの布を設置するかの指示が書かれている。野見山は指定の穴に布を入れると桐谷たちの背後に回り、表情が見えない位置まで遠ざかる。

俺が布を設置する係になれてよかった。こうでなければ、この計画は成立しない。

衆人環視の中、準備が整った。

目隠しが外された。まぶしいのだろう、桐谷は目をぱちぱちさせている。野見山は片手をポケットに入れたまま、桐谷とレニーの様子を後ろからじっと見つめた。

「では始めてください」

裁判長の指示で、臭気選別検証が始まった。

いつもと違う環境だが、レニーは落ち着いている。原臭は事件現場に残された手袋だ。桐谷は臭いが付いた布をピンセットで挟むと、レニーの鼻に近づける。

わかったと言わんばかりにレニーは勢いよく飛び出した。ふんふんと鼻をひくつかせ、選別台へと近づいていく。弁護士も裁判官も、味方である桐谷でさえも、野見山の意図は知らない。

レニーよ、お前なら絶対に大丈夫だ。

上手くいくと信じつつも、野見山は天に祈った。レニーは選別台にある全ての布の臭いを嗅いだ後、右から二番目の布をくわえて戻る。それは手嶋の臭いの付いた布だった。

よし、それでいい。弁護側はしかめ面をしている。

「二回目、どうぞ」

書記官から回ってきた紙を見て、野見山は心の中で早いなとつぶやく。指示されていたのはゼロ回答選別だった。さっきとレニーの様子が違う。布を嗅ぎ終わった後、何もくわえず桐谷のもとへ戻った。

弁護士たちを横目に、三回目もレニーは手嶋の臭いの付いた布を選んだ。

五つの布の中から一つを選ぶだけでも五分の一。ゼロ回答選別もあるのだから、六分の一ということになる。三連続で選ぶ時点で、すでに二百十六分の一の確率だ。

それからもレニーは絶好調だった。次々と手嶋の臭いの布を持来する。

そして最後となる十回目も完璧にクリアした。

全部パターンが違う十回の選別。

ゼロ回答選別をくぐり抜けつつ、手嶋の臭いの布を持来し続ける確率は、六の十乗で六千万分の一以下。ゼロ回答選別の難しさ、さらにはいつもと違う特殊な環境であることを考慮すれば、それよりもはるかにハードルが高かったはずだ。

「検証結果は明らかですね」

鑑識係長が立ち上がって拍手した。中立であるべき裁判官も感嘆の声を上げている。

その場にいる全員のまなざしが奇跡の名犬に注がれている。

「驚きましたな。ここまでとは」

裁判長によしよしと撫でられ、レニーも嬉しそうだ。桐谷は興奮しながら野見山のところにやってきた。

「やりましたよ」

褒められたいという表情は、隣にいるレニーとちっとも変わらない。

「たいしたもんだ」

桐谷とレニーの頭を順番に撫でてやる。期待どおりによくやってくれた。これですべて上手くいく。そう思ったとき、ビデオカメラの横にいた弁護士の顔に笑みが浮かんだのに気付いた。

「よくわかりました」

弁護士は言った。

「わかったのは不正があったってことです。野見山巡査長が手綱を引いていたんですね」

「なんだって？」

桐谷は弁護士に詰め寄る。

「どこに不正があるって言うんだよ。ふざけんな！」

どすの利いた声に元ヤンキーだったことを思い出した。つかみかからんばかりの形相だが、弁護士も負けていない。

「うちの弁護団にタレコミがあったんですよ。野見山巡査長は爆破事件の被害者の一人と個人的に関係があった。だから手嶋さんをどうしても有罪にしたがっている。音による不正に気を付けろって」

「音？　何だそれは」

「ビデオ映像で確認しました。野見山さんはずっとポケットに手を入れていましたよね」

「何言ってる？」

「あの人を捕まえてください」

弁護士は野見山を指差した。興奮した桐谷をはねのけて、弁護士たちが野見山に向かってくる。

「絶対に逃すな！」

あっという間に野見山は取り囲まれた。弁護士の一人が、野見山のポケットに手を突っ込む。

「ありました。これです」

手のひらに隠れるほどの小型器械を取り出した。

「おそらく高周波発生装置です。人間には聞こえない音で、レニーに合図を送っていたんです」

「急に布の設置をやらせてほしいだなんて、おかしいと思ったんだ」

「こんないかさまをしていた以上、臭気選別の結果は証拠として使えません。そうでしょう、裁判長」

弁護士たちは口々に叫んでいる。検事はなすすべなく、野見山を見た。

桐谷はゆっくりと、こちらを振り返る。

「野見山さん、何かの間違いですよね」

その問いに、野見山は答えなかった。

「違うって言ってくださいよ」

その視線に耐え切れず、野見山は目を伏せた。こいつは思ったより俺のことを慕ってくれていたようだ。

だが桐谷よ、残念ながらこれは高周波発生装置に間違いないんだ。

思いついたのは、秋穂の見舞いに行った帰り道だった。野良猫が何かに反応していたのを見て気付いた。そこにあったのは猫除けの超音波装置。猫だけでなく、犬も耳はい い。人間が感知できないレベルの音を拾うことができるのだ。

「野見山さん！」

桐谷の目を見ることができず、野見山は視線を落とす。レニーが悲しげな顔でこちらを見上げている。

さよならだ、レニー。

野見山は心の中でそう語りかけた。

5

しのつくような雨が降っている。

誘導灯をふる手が、かじかんでいた。

あれからすべてを失った。仲間も友人も、わずかばかりの名誉も。不正を認めて警察を追われるように辞めた野見山は、深夜、交通誘導の仕事をしていた。

やがて休憩時間になった。

「結局、手嶋は無実だったのかよ」

仲間の誘導員が、スポーツ紙を広げている。

「釈放ってそいつ、高校の頃に爆弾騒ぎを起こしてたんですよね。やばくないっすか」

カップ麵をうまそうに食いながら、十代のバイトが応じた。手嶋の訴えが控訴審で認められ、無罪判決が出たという記事が載っているようだ。

「なんでも警察犬担当のお巡りが不正をしてたって話じゃないか。そんな奴に利用されて、犬が哀れだな」

「まったくです。犬は超すごかったらしいですよ。何人も行方不明者を見つけ出している名犬だって、テレビでやってました」

野見山は顔を伏せる。俺もすっかり有名になってしまったが、レニーの顔には泥を塗らずに済んだようだ。

再び誘導に戻り、明け方近くに仕事は終わった。

あかぎれになった指先に息を吐きかけていると、犬の散歩をする人が通り過ぎていった。カッパを着せられた後ろ姿には、ふさふさした尻尾が揺れている。レニーのことが頭に浮かんだ。今も元気にしているだろうか。

自宅のアパートの前まで来ると、見覚えのない軽自動車が停まっていた。ふいに運転席の扉が開く。

「お前は……」

桐谷だった。責めるような目でじっと見つめている。そうだな。俺は大きなものを失った。それは自分のような人間を尊敬してくれていた後輩の信頼だ。

「野見山さん、お久しぶりです」

「なんだ。こんなところまで」

いつの間にか雨は上がり、朝焼けが広がっていた。

「一緒に来てくれませんか。話があるんですよ」

桐谷は車に乗るよう顎で指示をしてきた。突然で意味がわからないが、断る理由などない。

野見山は観念して助手席に乗りこむ。

ラジオで流行りの歌が流れている。桐谷はいつもならよくしゃべるのに、黙り込んでいた。俺はレニーだけでなくこいつも利用したのだ。怒るのは当然だ。

やがて着いたのは、秋穂の実家が運営していた警察犬訓練所の跡地だった。

「レニーはここで大事にされています」

野見山の退職と同時に、レニーは警察犬を引退した。秋穂の母親が引き取ったと聞いたが、もう年なので長くはないだろう。ただ穏やかに余生を送ってほしい。

「話って何だ？」

わざわざここへ連れてきた理由は、単純なものじゃないはずだ。

間があって、桐谷はため息をつく。

「どうしてあんなことをしたんです？」

何度も聞かれた言葉だ。改まって今さらなんだと言うんだ。

「信じられるわけないじゃないですか。野見山さんが不正をしたなんて。あなたはぶっきらぼうだったけど、その裏には犬への深い愛情とプライドがあると思ってたから」

野見山はふんと鼻で笑った。

「今もそう思っています。だからとても信じられない」

「買いかぶられたものだな」

桐谷は犬舎だった建物を見つめながら、口を開いた。

「俺、言いましたよね。検証に向かう途中、フレディや他の犬たちの様子が変だって。うすうすですけど、野見山さんが何かしているんじゃないかって感じてましたよ。あれって今思うと、高周波を使っていたからなんすよね？　検証の直前になって、野見山さんが臭布を設置する係を希望したのにも理由があった。そうすれば事前に臭気選別の答えを知ることができて、レニーに指示を送れるから」

野見山はああとうなずく。

「お前がハンドラーでは、うまくいくか不安だったんでな」

一瞬ショックを受けたような顔をした後、桐谷の目に力がこもる。

「それは嘘だ！」

強い言葉に野見山ははっとした。

「こっち、来てくださいよ」

桐谷に引っ張られるようにして、犬舎跡へと向かう。視界の隅に動くものをとらえたかと思うと、ワン、と鳴き声がした。

「レニー」

あっという間に飛びつかれた。野見山はよろけながらも、レニーを受け止める。久しぶりだな。もう会うことはないと思っていたのに。

レニーの他にもシェパードが数頭いた。訓練所を廃業した後も、ここで飼われていたのだろう。

桐谷はポケットから何かを取り出す。それは野見山が使っていたのと同じ高周波発生装置だった。桐谷がスイッチを入れると、犬たちが一斉にそわそわしだす。不安そうに鳴きだす犬もいる。ただレニーは違った。一頭だけ平然としている。

そんなレニーに向かって優しく微笑むと、桐谷はこちらを見た。

「野見山さん、あなたは高周波でレニーに合図を送って不正を働いた。みんなはそう思っているけど、ほんとは違うんでしょ？　だってほら、レニーの耳は弱っていて高周波を聞き取れないじゃないですか」

「……桐谷」

「あなたは不正なんてしていなかったんだ」

こいつ……。野見山はじっと見つめ返した。

「俺、考えて考えまくって、もう一つ気付いたんです」

指さす方に選別台が用意されていた。

臭いを嗅がされたレニーは選別台へと走り出す。五枚の中から正解の布を持ってきた。引退したとはいえ、さすがに難なくこなす。

「問題は次ですよ」

選別台には、五枚の布が入れられている。そのうち一枚をレニーはくわえて戻ってきた。

「ハズレです」

レニーが間違えたというのに桐谷に驚く素振りはない。むしろ当然だとばかりに、桐谷はこちらを見た。

「持ってこないことが正解のゼロ回答選別です。難しいとはいっても、いつものレニーなら楽勝ですよね。それに選別台にあった布は全部同じ臭い。どうしてレニーは間違えたのか」

野見山は黙ったまま、ゆっくりと息を吐きだす。桐谷の言わんとすることが、段々とわかってきた。

「原因は臭気濃度です」

「……桐谷」

「レニーが選んだ布だけは二週間以上前から臭いを付けていた。臭気濃度が濃いんです。逆に、他の布はさっき臭いを付けたばかりだから濃度は薄い」

桐谷はレニーを見ながら寂しそうに言った。

「レニーは原臭と同じものを選んでいたんじゃない。臭気濃度の一番濃い布を選んでいただけだったんすよ」

本当に気付いていたのか。

全部、桐谷の言う通りなのだ。反論はない。

レニーは臭気濃度の濃い布を選んでいただけ……。

この事実に気付いた時は愕然とした。今まで積み上げてきたものが崩れそうになるのを感じた。

気付いたきっかけは、原臭の取り違えというアクシデントだった。こんなことがなければ、永遠に気付かなかっただろう。この時だけの単なる間違いかもしれない。そう思ったが第一審での原臭の保存期間を確認すると、手嶋の原臭だけが極端に長いことが判明した。そして実際に、臭気濃度の違いによる選別をレニーに確かめていくうちに確信した。

「レニー、もう一回」

桐谷は必死だ。さっきと同じようにレニーに臭いを嗅がせようとする。

「もうやめろ」

野見山は桐谷を止めた。十分にわかっていることだ。繰り返す必要などない。

守ろうとしていた一線を越えられ、何かがぽっきり折れた気がした。

いつからだったのか。レニーがこうなったのは……。

手嶋の第一審においてはどうだったのだろう。手袋と同じ臭いのものを選んでいたのか、一番濃い臭気濃度のものを選んでいたのか。今となってはわからない。

初期の訓練では、意図的に誘惑布の臭気濃度を薄くすることもある。正解を選びやすくして成功体験を積ませるためだ。だが嘱託犬だった頃も警察犬試験の時も、レニーは正解し続けた。

もしかすると初めはこちらの意図するように、原臭と同じものを選んでいたのかもしれない。だが、何かのきっかけで命令の理解が変わってしまったのではないか。

レニーが臭気濃度の濃いものを選ぶようになってからも正解を繰り返し、誤りに気付かなかった原因は野見山にあるのだろう。

自分でも気付かぬうちに、正解の布だけ特別扱いをしていなかったか。検証の話し合いの時、弁護団から指摘されたことを思い出す。誘惑布より手嶋の臭いの布を設置する時間が長いなんて、わざとしたつもりはなかった。訓練の時も正解の布を念入りに扱う癖があるならば、レニーは〝正解〟し続けることができる。

期待した通りに犬が動くと、心が通じていると思える。だが犬は言葉がしゃべれない。一番臭気濃度が濃い布を選ぶと褒めてもらえる。全部同じなら選ばずに戻ると撫でてもらえる。それだけのことだったのかもしれない。

レニーはちっとも悪くない。すべての責任は自分にある。

「野見山さん、俺にはわからないんだ」

桐谷はもう一度、高周波発生装置を取り出した。

「こんな装置まで使って不正をはたらく〝ふり〟をする。もっと意味わかんねえのが、それを野見山さんがわざとバレるようにしてたってことだ」

「……桐谷」

「何でこんなことをしたんだよ」

野見山は口を閉ざしたまま、顔を伏せた。

検証においてレニーが手嶋の臭いを選び続けた場合、彼が無実だったなら濡れ衣を着せることになる。一方、レニーの臭気選別が疑わしいと言い立てればどうなる？　名犬の名は地に落ち、秋穂は悲しむに違いない。それは彼女の生きる支えを奪うことになる。

手嶋か秋穂か……どちらかを地獄に突き落とさないといけない。

いくら考えても、二つのどちらかなんて選べやしない。結論が出たのは、高周波のことを思いついた瞬間だった。

俺が落ちればいい。

それが導き出した答えだ。

ハンドラーによるあからさまな不正があったなら、第一審における臭気選別の信憑性は失われ、手嶋が有罪かどうかの判決は他の判断材料に委ねられる。そうすれば悪いのはハンドラーの俺だけ。レニーの臭気選別が冤罪を生み出したことにはならなくなる。

判決の結果はともかく、そこまですることが自分の責任だと思えた。

検証において手嶋の臭いが付いた布は、保存期間が長いから濃度は必然的に濃くなる。レニーはきっと手嶋の布を選ぶだろう。問題は野見山が不正をしたと思わせる方法だ。

不正があったことにするため、いろいろ小細工をした。レニーには聞こえないのに訓練場でフレディや他の犬に高周波を聞かせていたのも、その一つだ。桐谷たちに犬の様子がおかしかったと言わせれば、不正の下準備と思わせることができる。臭布を設置する役を希望したのもそう。布の配置を知らなければ、レニーに合図を送って不正をしたと思わせることはできないからだ。仕上げとして〝不正〟を告発する。音を使った不正が行われると弁護団に垂れ込んだのは、野見山自身だった。

桐谷は悲しげな顔だった。

こいつはハンドラーとしては未熟だ。だが素質はきっと俺などより上。犬だけじゃなく人の気持ちを汲み取り、寄り添うことができるからだ。鈍感な奴だとばかり思っていたが、驚かされた。だが真実を証明する手段などあるまい。このまま黙っていればいいだけのこと。これ以上、秋穂を苦しめてたまるものか。

そう思ったとき、車輪の音がした。

レニーが尻尾を振って走り寄っていく。

「野見山さん」

秋穂だった。

「……私が自殺なんてしようとするから、無茶なことさせちゃったね。本当にごめんなさい」

泣きそうな顔で頭を下げた。

「ただこれだけは言わせて。レニーは臭気選別を間違ったやり方で覚えていたのかもしれない。だけど、それがすべてじゃないわ」

秋穂は声を大きくする。

「あなたとレニーはたくさんの人を助けて感謝されてきた。その事実は消えないでしょう？」

涙ぐみながら秋穂はレニーを抱きしめた。

野見山は心の中で思った。初めから変な小細工などせずに、正直に話せばよかったのかもしれない。馬鹿なことをしたものだ。大好きだった仕事を辞めて、全てを失った……。

「一つ、お願いがあるの」

秋穂の車椅子が近付いてきて、野見山は顔を上げた。

「私、もう一度、ここで警察犬を育てようと思うの。歩けなくてもできることはあるわ。野見山さん、私の夢を一緒に手伝ってもらえませんか」

「秋穂」

もう二度と犬に関わらないと決めたはずだった。だが……。ふと見ると、足元に何かがまとわりついてきた。一頭の若いシェパードだ。

横に立っていた桐谷が言った。

「レニーの子だそうですよ。子どもがいるなんて、ちっとも知らなかったな」

二頭並んで、尻尾を振っている。

「レニーとエリスの子なの。名前はクラウド」

秋穂が微笑む。エリスとは地下鉄爆破事件で秋穂をかばって死んだ雌犬のことだ。

「もらわれていった先の飼い主さんが亡くなってしまって、うちに戻ってきたの。この子は人見知りが激しいんだけど、野見山さんにはすぐ慣れたみたいね」

くうん、くうんと甘えた声で啼いている。しゃがんで顔を近づけると、クラウドは野見山の頬をなめた。よろしくねと言わんばかりに。

うらやましく思ったのか、レニーも頬を寄せてきた。

野見山は二頭の犬たちを、両手でぐっと抱きしめる。

もう一度、手綱を引いてくれというのか。こんなどうしようもない俺に。

レニー、ありがとう。ごめんな。

熱いものがとめどもなく、頬を伝っていた。

# 第二章　首輪をつける

## 1

肩ではねる髪をゴム紐で一つにまとめると、鏡に向かって口角を上げる。寮を出ると、今年の桜はもう散りかけていた。

だが心はうきうきしている。スマホのストラップは散歩を嫌がる柴犬に変えた。鼻歌でも歌いたいような気持ちで、これまでとは違う通勤電車に乗り込んだ。

平成の時代から出し続けた異動の希望は、令和を迎えてようやく叶えられた。警察学校を卒業してから交番勤務が長く、その後は逮捕された被疑者の生活を世話する仕事だった。頑張ったら次は希望が通りやすくなる。そう信じて期待していたが、本当にその通りになった。今日からは鑑識課が新たな配属先だ。まるで違う輝くような日々が、きっと私を待っている。

扉を開けると、視線が一斉にこちらに向けられた。

「岡本都花沙です。よろしくお願いします」

緊張しながら挨拶を終えると、拍手が起きた。暑苦しい顔が並んでいる。さすがに男ばかりだなと思っていると、端の方に一人だけ女性がいるのに気が付いた。

「よろしくね、岡本さん」

「あ、はい」

左手が差し出される。彼女は森景子という巡査部長だった。三十代半ばだろうか。痩せて小柄だったが、差し出された手は傷だらけだった。皮が硬くてごつごつしている。

「あなたもすぐにこんな手になるわよ」

景子は唐突に都花沙に顔を近づけ、くんくんと臭いを嗅いだ。

「よし、合格」

「はい？」

「整髪料とか柔軟剤の匂いもしないから。でもお化粧くらいはしてもいいからね」

気を付けてきた。というより元から洒落っ気が全くないのだが。作り笑いする都花沙に、うんうんと景子はうなずく。

「あなたのこと、係長から面倒見てやってくれって頼まれているのよ。早速で悪いけど、ちょっとこっち来てくれる？」

いきなりチェックされたのには驚いたが、人懐っこい笑顔が向けられている。よかった。唯一の女性の同僚が優しそうな人で。はい、と返事をして後ろにくっついていく。

「慣れるまでは大変だと思うけど、何でも聞いてね」

ロッカーや机、書類の保管場所など順番に説明してくれた。毎度ながら異動してすぐは覚えることが多すぎて大変だ。都花沙は必死にメモを取り続けた。

「じゃあスーツを着替えてくれる？　今から外も案内するから」

更衣室に入り、そそくさと新しい服に腕を通す。青地に鑑識の二文字。鏡を見て喜びをかみしめていると、遅いわよと景子の声が聞こえてあたふたした。

庁舎を出て別棟へと向かう。

漂う臭いに鼻をくんくんさせながら、通路を進む。並ぶ鉄格子の向こうから聞こえるのは、待遇が悪いから弁護士を呼べと言う文句でも、酔っ払いの叫び声でもない。

ワオンワオン。

十数匹の犬たちだ。ハア、ハアと息が荒く、興奮している。大きなテリアや黒いラブラドールもいるが、ほとんどがジャーマン・シェパードだ。

「すごい迫力ですね」

一頭ずつ個室に入っているが、これだけ多くの大型犬に一斉に吠えられるのは初めてのことだ。今にも柵が壊れて飛びかかってきそうで、昔やっていたホラーゲームを思い出す。

「ほら、みんな。静かにして」

景子の声に犬たちはぴたりと啼きやんだ。

さすがだなと感心しつつも、都花沙は少し怖気づく。

「あまり歓迎されていないのかな」

「そうじゃないわ、警戒して吠えているだけよ。知らない人がテリトリーに入ってきたら怖いと思うのは当然のことでしょう」

そういうものなのかと、大人しくなった犬たちを眺めた。

「岡本さんって、犬を飼ってたことは？」

「ありません」

答えてから、都花沙は慌てて付け加える。

「実家がマンションでペット禁止だったんですけど、祖父母のところには柴犬がいました。犬はすごく好きなんです」

犬を飼ったことがないというのはマイナスだろう。だがそんなことは関係ない。警察犬への思いは誰にも負けない自信がある。

「犬係、ずっと希望してたんだよね」

「はい」

「私と一緒ね。他の課は考えなかったの」

「ええ、警察官を目指したときから犬係一筋で。八年越しでようやく叶いました」

希望名簿に警察犬係希望と名前が載っても、欠員が出て初めて異動になる。景子が配属された時も、女性は久しぶりで他にはいなかったという。

「わかっていると思うけど、ここの仕事は毎日出動があるわけじゃない。基本的には犬たちの世話をして、地道に訓練を続けていくことになるわ」

はい、と都花沙はうなずく。犬係は基本、三交替制になっている。夜勤は普通で誰かが事務室に詰めている感じだ。まあ、こちらも警察に何年もいるわけで、特別感はない。

「経験はこれから積めばいい。犬が大好きでやる気と根気さえあれば、これ以上ない楽しい職場よ」

景子は一頭の犬の前で立ち止まり、扉を開ける。

「紹介するわ。私の相棒、モーガン号よ」

全体的に黒が強いシェパードで筋骨隆々という感じだ。都花沙は膝に両手を当てながら、モーガンに顔を近づける。

「すごい精悍（せいかん）な顔、イケメンですね」

だがモーガンはするどい目でこちらを睨むと、大きく吠えた。都花沙は尻もちをつく。

「モーガンは名家のご令嬢よ」

メスなのか。失礼しちゃうわとばかりに吠えられたようだ。

「ごめんなさい」

深々と頭を下げると、景子が口元を緩めた。モーガンの両親はともに警察犬として実績を残しており、これまで何度も表彰されているらしい。

「あなたの担当犬も紹介しなくちゃね」

「もう決まっているんですか」

「ええ。もちろんよ」

景子が指さすと、部屋の奥にいた黒い塊が動く。

「彼がアクセル号よ。出動回数二百回を超えるベテラン捜査官なの」

犬への〝捜査官〟という呼び方に敬意を感じた。

そのシェパードはあくびで応じた。体を起こし、こちらへ近づいてくる。

「警察犬は十歳くらいで引退するものなんだけれど、彼はもう九歳なの。粘り強い性格で、集中力も抜群よ。ペアを組める期間は短いけれど、アクセルから色々教えてもらえると思う」

どんな名犬でも担当者が代われば一から訓練をやり直さなければならない。初級、上級と検定に合格して、ようやく現場へ出ることが許されるそうだ。

「よろしくね、アクセル」

都花沙はアクセルと目を合わせて微笑んだ。そっと手を伸ばすと、ふんふんと鼻を近づけてきて臭いを嗅ぐ。このまま体を撫でようと思った瞬間、そっぽを向かれてしまった。思わずため息が漏れる。

「こんなんで大丈夫ですかね」

「初めはそんなもんよ。ね、アクセル」

景子は慰めるが、アクセルが景子には尻尾を振って嬉しそうに撫でられるのを見て、ますます自信がなくなっていくようだった。

その後、清掃や食事の用意のことなど教わっていると、入口のところに誰か来たようだ。

「おい。いいか、森」

声を掛けてきたのは係長の土屋一夫だった。色白でのっぺりとした卵型の顔と点のように小さい目が、どことなくブルテリアを彷彿とさせる。

「出動要請だ。モーガンと出てくれ」

「はい。どのような件ですか」

「行方不明者の捜索だ。在宅介護の爺さんがいなくなったらしい」

近年、認知症高齢者の捜索願が急増していると景子に説明されたばかりだった。

「気づいたのは朝の七時。同居の嫁さんが爺さんを起こしに行ったら寝床にいなかったそうだ。家族が寝ている間に一人で外へ出ていっちまったんだな」

ふと土屋がこちらを見る。都花沙の存在に気付いたようだ。目が合った瞬間、思うより先に言葉が飛び出していた。

「私も捜索について行っていいでしょうか」

話を聞いているうちに他人事とは思えなくなっていた。当然ながら景子は渋い顔をする。

「研修もまだなのに、いきなりすぎるわよ」

「邪魔にならないよう気をつけますから。どうかお願いします」

熱っぽく見つめると、根負けしたように景子はうなずいた。

「運転をお願いできるかしら」

車の鍵を渡された。はい、と返事をして都花沙は顔を輝かせる。

「モーガン、頼んだわよ」

扉を開けると、尻尾を大きく振って飛び出してきた。景子と共に出動できるのが心底嬉しそうだ。排便室に行かせてから駐車場へと向かう。ワゴン車のバックドアを開けると、モーガンは後ろに積まれたケージに飛び乗った。

「まずは行方不明者の自宅へ向かいましょう」

「それじゃあ出発します」

ハンドルを握り締め、都花沙はアクセルを踏んだ。

初日から現場に出られるとは思ってもみなかった。

雑木林の裏手に山田という表札がある。行方不明になっているのは八十歳の男性だった。写真を見せてもらうと、どことなく亡くなった祖父に似ていた。行方不明者の息子だという男性が青ざめた顔で説明する。

「いつもはすぐに見つかるんです。だけど今回は近所の人にも手伝ってもらって探しても見つからなくて。父は認知症だけじゃなく、重度の糖尿病でもあるんです。早く注射を打たないと体がもたない」

思っていた以上に状況は深刻なようだ。地域課の警察官も同行してくれるという。発見が遅れれば命の危険もある。捜索は時間との勝負だ。

「スリッパとか枕カバーとか、臭いが付いていそうなものを何か貸していただけますか」

息子の妻が、布団の中から毛糸の靴下を引っ張り出してきた。

「これでいいでしょうか？　おじいちゃんが履いていたものです」

「ありがとうございます」

受け取ってビニール袋に入れると、すぐさま外へ出る。電柱に繋がれたモーガンがスワレの姿勢で待ちかまえていた。

「これが警察犬ってやつですか」

行方不明者の家族たちが、心配そうな顔をする。

「悪いことは言いたくないんだが、犬の嗅ぐ臭いなんてあてになるんですかね」

「大丈夫です。しっかりと訓練を受けていますので」

景子の言葉に呼応するようにモーガンが、ワン、と一声啼いた。景子がビニール袋を差し出すと、顔をつっこみ靴下の臭いを嗅ぐ。

「サガセ」

声符というものだ。アスファルトの地面にモーガンは鼻を押し付けた。ふんふんと周囲を嗅ぎまわったかと思うと、すぐにリードを引き始める。行方不明者の臭いを見つけたようだ。

「モーガンの前に立たないで」

「あ、すみません」

都花沙は慌てて後ろへ下がる。景子は怖いほどに真剣なまなざしだった。邪魔しないと言って連れてきてもらったのに、早くも怒られてしまった。だが落ち込んでいる暇はない。気を引き締め直し、景子の背中側にぴたりとついた。

モーガンは迷うことなく、ぐいぐいと手綱を引いていく。景子との息はぴったりだ。

だが一キロほど追跡したところでその足は止まり、モーガンは鼻先を上げた。倣（なら）うように景子と都花沙も顔を上げる。この先に行方不明者がいるのだろうか。歩みを進めるが、見えてきたのはごみ収集所だった。

「臭いが紛れてわからなくなってしまったのね」

そのまま進んで、収集所の前を通り過ぎる。臭いが遠ざかったところで、再びモーガンに行方不明者の原臭を嗅がせる。地面に鼻をくっつけたかと思うと、手綱を引っ張る。

「よかった。臭いを捉えたみたい」

景子と都花沙は目を合わせる。捜索は再開した。

「随分と歩きますね」

「ええ。足腰は丈夫で土地勘もあるそうだから、遠くまで行ってしまったのかも」

途中、モーガンに水を飲ませながら歩き続ける。脇目も振らず、驚くほどの集中力だ。コンビニもなく車もたまにしか通らないような田舎道では、監視カメラも目撃者も期待できない。警察犬の嗅覚だけが頼りだ。

たくさん歩いて遠くまで行ったのに、ぐるっと回って依頼者の自宅近くまで戻ってきてしまった。

「何だ、あんたら。見つけられずに帰ってきてしまったのか」

「そうじゃないんです。臭いをたどっていったら、ここへ戻ってきてしまったんです」

「この辺りはみんなで散々探したんだ。いるはずがない」

「それはわかりませんよ」

景子は説明した。時に思い込みや先入観が捜索の邪魔をしてしまうことがある。一方、犬は臭いを追っているだけなので、人間が見つけられないものを探し当てることができる、と。

行方不明者の自宅裏には雑木林があり、そこへ向かっていくようだ。モーガンの引きが強くなり、林道脇の茂みを気にするような仕草をする。斜面になっていて、下には川が流れているようだ。

モーガンが、ぴたりと足を止める。

ワオンワオン。

啼いている。もしかして行方不明者がそこにいるのだろうか。

「私、見てきます」

都花沙は落ち葉で滑らないよう気を付けながら、慎重に斜面を下りていく。

「あ……」

茂みの奥に誰かが倒れこんでいるのが見えた。転がり落ちたような跡がある。草をかき分けて近づいていくと、写真で見た男性だった。都花沙は声を張り上げる。

「発見しました！　行方不明者です」

すぐに景子が飛んでくる。

「おじいちゃん！」

叫びながら家族もやってきた。服をまくり上げ、インスリン注射が打たれる。足首を怪我しているようだが、これでひとまずは大丈夫だろう。家族らは礼を言いながら繰り返し頭を下げた。

「信用せずに疑うようなことばかり言って申しわけありませんでした」

「いいえ、無事で何よりです」

「じいちゃんを見つけてくれてありがとうな、モーガン」

そうこうしているうちに救急隊員がやってきて、老人は病院へと運ばれていった。

「よくやったね、モーガン」

えらいえらいと、景子は全身全霊で褒めていた。耳をピンと立てて、景子に褒められて嬉しくてたまらないといった表情だ。

「よかった。本当によかったです」

「あら、どうしてあなたが泣きそうになっているのよ」

「だって……」

都花沙は言葉を詰まらせる。全身泥だらけで脚も棒のようだったが、無理を言って連れてきてもらって本当に良かった。憧れの警察犬係一日目にして、この救出劇が見られたのだ。もう好きにしてくれていい。

「何か特別な思いがあるのね」

小さくうなずくと、背中をぽんと叩かれた。

「今日は見ているだけだったけれど、そのうち岡本さんとアクセルにも嫌っていうほど出動してもらうことになるから。覚悟しなさいよ」

「はい」

都花沙は威勢よく返事をする。

警察犬と力を合わせて、たくさんの人の役に立てるよう頑張ろう。今はまだ何もできないけれど、景子とモーガンのように早くなりたい。

都花沙は組んだ手を裏返すと、微笑みながら思い切り伸びをした。


初出動からしばらく経った。

景子とモーガンは表彰され、鑑識課長賞を受けた。ご褒美のビーフジャーキーをもらって、モーガンはますます元気に日々の訓練に励んでいる。

グラウンドをシェパードたちが駆け抜けていく。犬たちは六時起床。都花沙が出勤する前から、早朝訓練は始まっている。

今日も一日頑張るぞ。小さく拳を握りしめ、気合を入れてから犬舎の中へ入る。

「おはようございます」

前の当番から引継ぎをし、犬たちにも挨拶をする。

「アクセル、おはよう」

スキンシップを取ろうと手を伸ばすが、どこか不貞腐れた顔をして離れていった。早速くじけそうな挨拶だけれど、いちいち気にしても仕方がない。

気を取り直して排泄の世話だ。一日六回の決められた時間と出動前に排便室でさせることになっている。個室の扉を開けると一頭ずつ出てきて排便室に入り、用が済んだら自分で戻っていく。出動中に排泄して気が散ることがないようにと訓練されている。正直、少し気の毒な気もしてしまう。いつでも気ままにオシッコできる外の犬とは違うのだ。もちろん排泄物を洗い流す前に、健康チェックすることも怠ってはいけない。

訓練の合間を縫って、新人の都花沙は犬舎の掃除と食事の用意をする。

大きなアルミの皿は犬の数だけある。ドッグフードを盛り付けて牛乳や生卵をトッピング。体調や年齢に合わせて量や内容を少しずつ変えていく。

「ごはん、できましたよ」

朝食と言っても、時計の針はもう十一時だ。

「待て」

訓練でお腹をすかせた犬たちが、よだれをたらしている。

「よし」

その声で一斉に顔を皿へ突っ込んだ。嚙まないで飲み込むだけだから、あっという間に食事は終了してしまう。一日二回しかない貴重なひとときなのに、もったいなく思うのは私が人間だからだろうか。

食後はまた排便室へ、そして訓練だ。

「アクセル、ほら」

都花沙は広場へ向かってボールをぽんと投げる。てんてんと地面を転がっていくが、アクセルはちっとも追おうとしない。ボール遊びが大好きだと聞いていたのに、まるで関心がないという態度だ。

まったく。新人のくせに俺様に命令しようだなんて十年早いぜ。

都花沙式の犬語変換装置を使うと、そう聞こえる。この前は無理に言うことを聞かせようとして嚙みつかれてしまった。

「苦労してるようだな」

声の方を振り返る。係長の土屋だった。

「はい。悔しいけど、完全に舐められてます」

「そうか。そりゃ大変だな」

他人事のように笑われ、都花沙は口をとがらせる。

「他の犬たちは懐いてくれるんです。同じように愛情たっぷりで接しているのに、アクセルだけどうして反抗的なのやら」

「それはお前さんが自分の担当だからだよ。主人として認めるべきか、試してるっていうかな。まあ焦らずに少しずつ距離を縮めていくんだな」

「はあ」

都花沙はため息をつく。犬との信頼関係が結べないうちは、次の訓練には進めない。寝ても覚めてもアクセルのことばかり考えていて、片思いをしているかのようだ。

「誰もが通る道だ。しかし、私は優しい。一つ、お助けアイテムを授けてやろう」

うさんくさい言葉とともに、土屋から薄汚れたボールが手渡された。油性マジックでニッコリマークが描いてある。

「これならアクセルは喜ぶぞ」

「何ですかこれ」

「いにしえのハンドラーから受け継がれた秘密兵器だよ」

何じゃそりゃ。もう一度訊ねるが、土屋は頭の後ろを掻くだけでそれ以上のことは教えてくれなかった。首をかしげながらニッコリマークと睨めっこしていると、後ろから犬の啼き声がした。

「係長、出動要請です」

近づいてきたのは、景子とモーガンだった。

「どうした？」

「ひき逃げ事件です。すぐ来てほしいって」

「そうか。モーガン、頼んだぞ。岡本さんも記録の仕方は覚えたか」

「あ、はい」

自信はないが、なんとかなるだろう。久々に現場へ連れて行ってもらえることになった。しかも今度は記録係だ。嬉しさ半面、足をひっぱらないようにと気を引き締める。

「行ってくるね、アクセル」

触らせてはくれないが、めげずに声をかける。いつか一緒に出動しよう、と心の中で付け加えてから、景子たちと車に乗り込んだ。

2

横断歩道には、血痕が生々しく残っていた。

子ども用の自転車が横たわっていて、ハンドルがあらぬ方を向いていた。

警察関係の車両が何台も停まっている。どこで嗅ぎつけたのか野次馬らしき若者たちが集まっていた。緑が生い茂る公園の周囲に、民家や店などはない。

「ひき逃げの被害に遭ったのは宮田昴（みやたすばる）くん。近所に住む十一歳の男の子です」

地域課の警察官が告げた。

「救急車で搬送されましたが、意識不明の重体だそうです。目撃者がいるといいのですけれど、人通りがない場所ですので」

「ちゃんと横断歩道を渡っていたのにね」

景子は憐れむようなまなざしで自転車を見た。

信号機のある交差点を曲がったすぐの路地。おそらく公園のある方へ渡ろうとして、自転車ごとはねられたのだろう。電話ボックスが邪魔して死角になっていたかもしれない。事故直後、ここから通報があったという。通報者は匿名だったが、負傷してからの発見は早かったようだ。

「昴くんをはねたのはバイクのようです。この先に乗り捨ててあったのが発見されましてね」

「だったらその持ち主から簡単に犯人を割り出せるんじゃ」

都花沙は思わず口にする。

「残念ながらそうはいかない」

言葉をかき消すように後ろから声がした。振り返ると、ひげを生やした鋭い目の男がいる。景子が頭を下げて挨拶した。

「バイクって盗難車、ですか」

「……そういうこと」

なるほど。だから身元がばれないと思って逃げたのか。刑事だというその男の案内のもと、モーガンを連れてしばらく歩く。

「これ、見てくれるかな」

刑事が指さす草陰の中、原付バイクが倒れていた。壊れたライトに昴の自転車の塗膜片が付着していたので、ひき逃げしたバイクで間違いないそうだ。

鑑識課の職員たちが犯人の手がかりとなるものを必死に探しているが、彼らの表情は曇っている。

「かろうじて塗料は残っていたものの、ご丁寧にバイクを拭きあげてから逃げたようで。指紋は採取できないんですよ」

「そうか。でも臭いなら残っているだろ？」

刑事は景子の方を見た。どこか挑戦的な視線だ。

「やってみます」

モーガンの背を撫でてから、景子は深くうなずく。頼んだぞと言い残し、ひげ面の刑事は去っていった。

「あの刑事、嫌な感じでしたね」

都花沙が我慢できずに口に出してしまった。

「どうしたの。何か怒っているの？」

「だってあの人、偉そうだし、モーガンの方を一度も見なかったんですよ。探してくれるのは、この子なのに。刑事って犬は道具みたいに思ってるのかな。それともよっぽど犬が嫌いなんでしょうか」

「そうねえ……それよりも」

景子は話をそらすように白布を取り出す。バイクのハンドルから臭いを採取し始めたので、都花沙も隣にしゃがみこんで手順を観察した。

「そもそも臭気なんて残っているんですか？　指紋が採取できないくらい、きれいに拭かれてしまってたっていうのに」

「いい質問ね」

景子はそう言って微笑む。

「人間にはまずわからない。でも犬の嗅覚を見くびっちゃだめよ。つまめば一分、握れば三秒。どういう意味かわかる？」

「ええと、臭いが残るまでの時間ってことですか」

「正解。ハンドルを握って運転していたのなら、ちょっと拭いたくらいじゃ指紋は消せても臭気は消せない。ある意味、科学捜査の上を行くのよ」

景子は白布に移行した臭いをモーガンに嗅がせる。

「逃げられると思ったら大間違いだわ。絶対に見つけましょう」

モーガンはしばらく辺りを嗅ぎまわっていた。だがやがて何かを見つけたように鼻を下げ、手綱を力強く引き始めた。

刻々と時間は過ぎていった。

最初こそ威勢が良かったものの、市街地に入り、モーガンは臭いを追えなくなっていた。

「こんなにおいしそうな臭いは反則ですよね」

クレープ屋があって、辺り一面に甘い匂いが漂っている。学校帰りの学生たちがまんまとつられて列をなしていた。都花沙はモーガンに同情する。

どうするのだろうと思っていると、景子のところに連絡があった。

「はい、そうですか」

係長の土屋からのようだ。しばらく話して通話を切る。

「急がなくては。さっき〝第二〟が呼ばれたそうだから」

景子は携帯をしまうと地図を広げた。〝第二〟とは何のことだろう。邪魔してはいけないと思いつつも、気になって都花沙は訊ねた。

「あら、まだ知らなかった？　豊田警察犬訓練所のことよ」

景子は地図を見たまま説明する。

「うちの警察犬訓練所が〝第一〟だけど、それに匹敵するくらい活躍しているからって
そう呼ばれているの」

なるほど。だから〝第二〟なのか。

「中でも一人、凄腕のハンドラーがいる」

「凄腕？　そうなんですか」

「でも私は認めない」

不意に景子の顔から表情が消える。どうしたというのだろう。突然のことに驚いたが、立ち入ったことは聞けるはずもない。話はそこで途切れた。景子は周囲を見渡し、地図を指でなぞりながら何かを考えこんでいる。

この辺りは繁華街だ。電車の駅も近くにある。

「岡本さん。悪いけど、今から現場へ戻って車を持ってきてくれる？」

「はい。わかりました」

少しでも役に立てるのなら、連れてきてもらった甲斐があるというものだ。

方向音痴なのがばれないようにスマホのナビに頼りつつ、都花沙は来た道を引き返していく。まだ四月とは思えない日差しの強さだ。来るときは下り坂が多く、臭いをたどりながらでゆっくりだったが、戻りは疲れもあってしんどい。息を切らせて歩いていく

と、ようやく現場の交差点が見えてきた。停めてきた車までもうすぐだ。

途中、若い女性が一人、道路脇にはいつくばるようにしているのが目に入る。警察官も一緒に何かを探している。急いで戻らなくてはいけないが、ふと気になった。

「どうかされましたか」

都花沙が声をかけると、女性が顔を上げる。

「お守りが、見つからなくて。私、宮田昴の母、宮田睦美（むつみ）といいます」

ひき逃げ被害者の少年の母親か。手術は無事に済んだが、まだ意識は回復していないという。

「昴が首に下げていたお守り……あれがないからあの子の意識が戻らないのかなって。関係ないって頭ではわかっているんですけど、不安で仕方ないんです」

それで必死に探しているのか。一緒に探してあげたいが、自分には他の使命がある。すみません、と断って立ち去ろうとすると、後ろから声がした。

「ひょっとして、これをお探しですか」

振り返ると、男がお守りを差し出していた。

青い帽子にユニフォーム。鑑識課のとは少し違う。隣にシェパードを連れていた。睦美は大きく目を見開く。

「あ、はい。これです」

交通安全の文字があり、紐はちぎれていた。お守りを受け取ると、両手で大事そうに包み込んで胸にあてた。

「よかった見つかって。本当にありがとうございます」

「いえ、見つかってよかったですね」

睦美はもう一度、ありがとうと涙ながらに言うと慌てて立ち去った。きっと病院へ戻るのだろう。

それにしてもこの人は何者だろう。立派な体格をしているが、鑑識ではない。六十前後。連れているシェパードは右耳が垂れている。

「見慣れない顔だな。犬係の新人か」

野太い声で訊かれた。

「はい」

「新人だったら、まずはウチに挨拶に来るもんだぞ」

何だこの偉そうな物言い。よく見ると胸のところにワッペンがあって、豊田警察犬訓練所と書かれている。ハンドラーであることは明らかだ。

第二……。

さっき景子は豊田警察犬訓練所に凄腕のハンドラーがいると言っていた。ひょっとしてこの男がそうなのだろうか。

く男の背を見つめていた。

「さてと、面倒だが行くか」

ワンという返事とともに去っていく。都花沙は固まったまま、シェパードを連れていく男の背を見つめていた。

取りに戻った車に景子を乗せて、繁華街を抜けた。

人が多すぎて臭いが紛れてしまうからショートカットしたのだ。

「よかった。読みどおりだったわね」

車を降りてから原臭を嗅がせると、再度犯人の臭いを見つけたようだ。追及はしばらく続くが、心なしか先をゆく尾っぽに疲れがのぞき始める。まもなくモーガンは立ち止まってしまった。そろそろ限界だろうか。

腕が冷たい気がして顔を上げると、冷たいものがあたった。

雨か。

これでは臭いが流れてしまう。さらに泣きっ面に蜂というべきか、帰宅ラッシュの時間に差し掛かってきた。この近くには大きな駅がある。そこから電車に乗ったのなら、追うことは不可能だ。

「ピンチですね、森さん」

「いえ、むしろチャンスかもしれない」

どういうことだろう。景子の視線は下にある。モーガンがビルの間を通る狭い路地に入っていきたがっているようだ。

「まさか犯人はここを通ったんですか」

「そうみたいね。こんな細い道、通る人は滅多にいない。しかも土地勘がありそうだわ」

景子はあたりを見渡す。向かい側の宝石店入口に防犯カメラを見つけた。犯人がはっきり映っているかもしれない。

宝石店に協力を要請し、さっそく映像を確認させてもらうことになった。しばらく再生していくと、景子が大きな声を出した。

「ここ！　止めてください」

狭い路地へ入り込んでいく男が映っていた。巻き戻して再生すると、食い入るように見ていた店員が叫んだ。

「僕、知ってます。これは河端友規（かわばたゆうき）っていう有名な奴ですよ」

この辺りでよく補導されていたそうだ。高校を卒業して、今は暴力団とつながりがあるようだという。確認作業が必要だが、大きな収穫だ。早く報告しないと。そう思ったときに連絡が入った。景子はハンズフリーで応答する。係長の土屋からだ。

「捜索は終了だ。戻ってこい」

「えっ」

「所轄署から連絡があった。河端という男に任意で事情を聴くそうだ」

思わぬ知らせだった。観念して自首したのだろうか、それとも……。

「ブリッツが見つけたそうだ」

「……ブリッツ？」

「第二の警察犬だ。一番優秀な奴で何度も表彰されているよ。片耳が垂れている」

その特徴にある嘱託犬の姿がよみがえる。昴のお守りを手渡していた男が連れていたのは右耳が垂れたシェパードだった。

「ご苦労さんだったな。帰って来てくれ」

空っぽのようなねぎらいを聞きながら、隣で景子が顔をしかめていた。

3

ひき逃げ事件から二日が経過した。

都花沙は廊下を通りながら、壁に掲げられた古い色紙を見る。

〝犬を愛せよ〟

何十年か前の鑑識課長の言葉らしい。ふうとため息を漏らしつつ、外へ出てアクセルの訓練を開始する。

あれから被害者の男の子、宮田昴の意識は戻ったという。きっとあのお守りが効いたのだろう。特に後遺症もなく回復へ向かっているそうだ。事情聴取を受けていた河端友規は逮捕された。バイクに残された指紋が一致したのだという。すべて順調に事が進んでいるかに見える。

「でもこっちは全然……」

訓練場でアクセルはふて寝している。こちらの言うことなど、まるで聞きやしない。それどころか、マテ、スワレ、で真逆の動きをされることすらある。

訓示に従い、アクセルには愛情をこめて接しているつもりなのに、どうしてこんなにも反抗的な態度なのだろう。

「ねえ、アクセル」

語りかけるが耳をピクリとさせただけだった。

仕方ない、秘密兵器を使おう。土屋にもらったボールを持ち出す。ニッコリマーク入りの、傷だらけで色あせた年季の入った代物だ。上に放り投げてはキャッチしてを繰り返していると、アクセルの目がボールを追いかけ始めた。他のボールだと駄目なのだが、何故だかこのボールだと物欲しそうな顔をする。

「アクセル、ほら、いくよ」

大きく腕を振って注意を引き付けてから、都花沙はボールを遠くに投げる。アクセルは立ち上がると、渋々という感じで歩きだす。だがボールを口にくわえたところで、都花沙の方へやって来る気配はない。

「ボール持ってきて、ほら、アクセル」

必死に呼びかけるが、ボールをくわえたまま、その場にごろんと寝てしまった。主導権が都花沙にないことは明らかだ。服従訓練ができていないので、ボールを追いかけはしても持ってくることはしない。主人と認められていないからだ。

「焦らずにって言われても、ずっとこのままだったらどうしよう」

都花沙は地べたに座りこみ、遠くに寝そべるアクセルを見つめた。土屋から授かった秘密兵器も、役に立たずに終わるのだろうか。

爽やかな風が、都花沙とアクセルの間を吹き抜けていく。

まあ地道にやるしかないか。気を取り直して立ち上がったところで、ふとアクセルが鼻先をこちらへ向けた。体を起こしたかと思うと、勢いよく駆けよってくる。五メートルの板壁さえも飛び越えてしまいそうな勢いだった。

もしかして、ようやく心を開いてくれたのだろうか。

胸が高鳴る思いだ。だがアクセルはそんな都花沙の横を、あっさりすり抜けていった。勢いをそのままで、あらぬ方向へと駆けていく。

「ちょっと、アクセル」

どこへ行くというのだ。振り返ると、アクセルの向かう先には外部から来た男が立っていた。

「あなたは……」

ひげ面で思い出した。ひき逃げの事件現場で出会った刑事だった。

怖そうな顔でもお構いなく、アクセルはちぎれんばかりに尻尾を振っている。くわえたボールを受け取ると、刑事はアクセルの胸のところをよしよしと撫でた。あっけにとられている都花沙に見せつけるように、刑事がボールを投げる。アクセルはまるで仔犬に返ったかのようだ。嬉しそうに追いかけては、ボールをくわえて刑事のもとへと走る。

「どうしてって顔だね」

「それは……」

むっとして睨みつけると、刑事はアクセルから受け取ったボールを突き出す。

「けど当たり前なんだよな。このボールはもともと俺のだから」

「えっ」

都花沙は仰天した。

「このニッコリマークは俺が描いた。どうだ？　芸術品だろ」

刑事はボールを得意げに突き出してくる。

「名乗っていなかったね。俺は桐谷陽介。八年前までここにいた」

「元警察犬係……だったんですか」

「うん。アクセルを仔犬から育てたのは俺だ」

なるほど。だからこんなにもアクセルが懐いているのか。悔しいがとても敵わない。捜査の時、モーガンに見向きもしなかったのは、後輩を邪魔しないための配慮だったのだろう。

「ボールを追いかけて口にくわえただけでも思いっきり褒めてやれ。できないことばかり目くじら立てていたらつまらないだろ？　一緒に楽しむことが大切なんだ」

桐谷はアクセルの首に腕を回し、思いきり抱きついた。こうして見ていると、怖いと思った顔は全然そうじゃない。それが動物にはすぐにわかるのだろう。

「ところで桐谷刑事、今日はどうしてここへ？」

「警察犬係に頼みたいことがあったからさ。それと、それを口実に犬に会いにね。あんたがアクセルに振り回されてるのも見れて面白かったよ」

打ち解け始めていたのに、再びむっとする。そんな都花沙の反応を見て、小さく笑いながら桐谷は立ち上がった。

「ひき逃げ事件のその後、知りたい？」

「そりゃあ、気になりますけど」

せっつくと、焦るなとばかりにアクセルの背を優しく撫でた。

「指紋が一致したからな。ようやく観念して全部吐いたよ。バイクを盗んだことから、男の子をひき逃げしたことまで」

桐谷は説明していく。河端は高校時代から何度も補導されており、卒業後も定職に就かず暴力団ともつながりがあった。いわゆる半グレだ。

「酷（ひど）いやつですね」

「ああ、だが重要なのはそこじゃない」

「はい？　じゃあどこなんですか」

「この事件、犯人は別にいるかもしれないってとこだ」

都花沙は目をしばたたかせた。

「どういう意味ですか」

桐谷はタブレットに画面を表示した。現場付近の地図だ。

「目撃者がいたんだ。事件の直前、公園のこの場所で河端を見たと言っている」

「もしかして匿名の通報者も、その人だったとか」

ふと訊いてみたが、桐谷は首を横に振る。通報者は女性の声だったという。本多直紀（ほんだなおき）というその目撃者は、たまたま車で通りがかった公園のトイレの利用者だそうだ。報道で事件のことを知り、もしかしてと思って知らせてくれたらしい。

「彼は見たそうだ。若い男女が停めたバイクの横ではしゃいでいたのを。写真で確認してもらったが、男の方は河端で間違いない」

「女の身元は判明しているんですか」

都花沙の問いに桐谷はうなずく。

「若村萌華。十八歳の女子高生だ。制服を着ていたそうだし、河端の交友関係を洗ったらすぐにわかった。公園で河端と一緒にいたことを認めたよ」

「彼女のこと、隠してたのがバレたんですね」

「うん。もっと突っ込めば、隠さなくちゃならない深い訳があるかもしれない。そう思わないか」

犯人は別にいる。その言葉の意味が少しずつ見えてきた。つまり……。

「替え玉ってことですか」

発言したのは都花沙ではない。いつの間にか景子が後ろに立っていた。

「替え玉？」

盗んだバイクを運転していたのは若村萌華。河端はひき逃げ事件を起こした彼女をかばって、身代わりに捕まろうとしているということなのか。

「その可能性は十分ある」

「桐谷さん、目撃者は女子高生が運転しているところを見たんですか」

景子が訊ねる。桐谷は首を横に振った。

「そこまでは見ていないらしい。若村萌華に事情を聴いたが、バイクを見せてもらっていただけで指一本触れていないと主張している。そもそも免許は持っていないし、盗難車という事実も知らなかったんだと」

どこまでが本当なのかわからない。替え玉の可能性を言い立てても、それを裏づける証拠がないという状況か。

「そこで、だ」

桐谷は白い布が入った袋を差し出した。バイクのハンドルから採った移行臭だという。

「犬係の諸君に質問だ。この臭いをたどって河端に行きついたわけだが、ここに若村萌華の臭気も存在していたとしたら？」

そうか、と都花沙は声を上げる。

「彼女もハンドルを握っていたということになります。つまり、バイクに触ってないっていうのは嘘……」

「はい正解」

ひき逃げをしたときに、バイクを運転していたのは誰なのか。乗っていたのは一人なのか二人なのか。二人乗りなら、どちらがハンドルを握っていたのか。彼らの嘘を見破り追及していけば、観念して自供するかもしれない。

「で、どう？　臭気選別、やれそうか」

若村萌華は事情聴取を受けている最中で、すぐにでも臭気選別が行える状況だという。

「無理なら結構だ。混合臭を完璧に嗅ぎ分けるのは優れた警察犬でも難しいからね。野見山さんに頼むだけだ」

景子は大きく目を開けた。野見山という名前が彼女を刺激しているようだ。ぴりぴりとした空気を感じつつ、都花沙は二人の表情を交互に窺う。桐谷はこんなときでも相手の出方を見て楽しんでいるようだ。

「できます。モーガンになら」

「わかった。任せるよ」

桐谷は口元を緩めると、一足先に署へ戻っていった。

景子と都花沙は係長の土屋に報告して、出動の許可を得る。

「らしくないよね」

モーガンを迎えに行く途中、景子は苦笑いした。

「ついかっとなってしまうのは自分でもよくないってわかってる」

さっきの桐谷とのやり取りのことだ。前にも〝第二〟への対抗意識が垣間見えたことがあった。景子が認めないと言っていた、凄腕のハンドラーとはおそらく……。

「森さん、野見山って誰ですか」

喉につっかえていた問いを、ようやく投げかけることができた。

「野見山俊二。元巡査長。かつて警察犬係で活躍していた人よ。ここでの勤務が長かったけれど、不祥事があって警察を辞めた」

不祥事……。景子の顔が険しくなっていく。

「臭気選別で不正をした。高周波発生装置を使って無実の人間を罪に陥れたの」

「まさか、そんなことを」

思わず大きな声が出た。警察犬自体を貶める、決してあってはならないことだ。今も民間の訓練所で警察犬の仕事を続けているなんて、一体どんな神経をしているのだろう。桐谷刑事は信頼を寄せているようだが、実力さえあれば過去の罪は問わないということなのか。

「あんな人に任せなくても、私とモーガンで使命は十分に果たせるわ」

返事をするように、モーガンがワンと一声吠える。真摯に警察犬と向き合っている景子が、感情的になる気持ちがよくわかった。

「岡本さん、行きましょう」

はい、と都花沙はうなずく。景子たちが野見山に劣るはずなどない。

車にモーガンを乗せて、二人は桐谷の待つ警察署へと向かった。

既に日は暮れていた。

警察署に着くと、モーガンをケージで待たせて中へ入った。

「おい。選別の実施に同意して、本当にいいのか」

「若村さん、落ち着いてください。絶対に大丈夫ですから」

興奮気味の紳士は若村萌華の父親のようだ。なだめるように弁護士らしき男が隣に付き添っている。ひそひそと耳打ちをして何やらアドバイスをしているようだ。その横には品のいい女子高生が行儀よく座っていた。

彼女が若村萌華……。

長い黒髪に、お嬢様学校で有名な私立高校の制服を着ている。ぱっと見た感じでは悪い男とつるむような印象を受けない。警察官と一緒に立っている金髪のソフトモヒカンは河端だ。監視カメラの映像でも見たが、いかにもという風貌だ。やがて桐谷がやってきた。

「待ってたぞ。これから臭気選別を頼む」

「任せてください」

景子の案内で、関係者一同は外へ出た。河端もいる。都花沙はモーガンをケージから降ろし、景子のもとへ連れていく。足取りも軽く、モーガンは絶好調のようだ。

広々とした駐車場で、これから臭気選別が行われる。

都花沙は選別台に臭いの付いた布を設置する。ハンドルから採取した移行臭が一枚、ハズレの誘惑布が四枚。後はモーガンに萌華の臭いを嗅がせて、一致する布を選別させるだけだ。

「ここの犬係は油断なりません。被疑者を罪に陥れるためには、どんなことでもしますからね」

弁護士の声が聞こえた。例の不祥事のことを言っているのだろう。かつて野見山一人が起こしたことなのに。都花沙はむっとして口を開きかけたが、景子に遮られた。

「結果で黙らせればいいのよ」

小声だったが、力強いセリフだった。

景子は白い布をピンセットでつまみ、萌華へ差し出す。

「両手で挟むように、こすってください」

萌華は弁護士とアイコンタクトを取ってから布に触れる。これでいいのよね、と確認しているようだった。

「ありがとうございます」

原臭が出来上がった。同じ臭いの付いた布が五枚の中にあるかどうか。臭気選別は三回行われる。

「サガセ」

景子の声符を受けて、モーガンが選別台へ近づいていく。不正などあるわけがないが、混合臭の嗅ぎ分けは本当にできるのか少し不安だ。

モーガンは右端の方から臭気を嗅いでいく。一度すべての布に鼻を付けてから、真ん中の布をくわえて戻ってきた。

ハンドルから採取した移行臭……萌華の臭いだとモーガンは言っている。

だが偶然ということもある。多くの人が見守る中、布の位置を変えて、もう一度行う。

今度は右から二番目が移行臭だが、都花沙以外は誰も知らない。

モーガンは走り出し、再び移行臭を選んだ。

さらに三度目は、五枚とも誘惑布。つまり、ゼロ回答選別だ。モーガンは臭いを順番に嗅いでいった後、何もくわえず帰ってきた。結果は明らかだ。

「待ってくれ。そんな馬鹿な」

萌華の父が異議を唱えた。だがここまでくれば偶然選んでいるとはいいがたい。難しいと言われた混合臭の臭気選別を、モーガンは完璧にこなした。

警察犬ってやっぱりすごい。

感動を覚えながら、都花沙はガッツポーズしたくなるのを何とかこらえた。

「バイクには指一本触れていないということでしたが？」

桐谷に問われ、萌華は唇を震わせた。顔色が真っ青だ。

「見せてもらったときに、ちょっとだけ触ったかも」

「それは両手で？　ハンドルの、どの辺りかな」

「ええと、それは……」

気を張っていても、まだ高校生だ。問い詰めればすぐにでもぼろが出そうに見えたが、弁護士が間に割って入る。

「たとえバイクを触っていたのが事実だとしても、萌華さんが運転していたことにはなりませんよ。言いがかりはよしてください」

余計なことはしゃべらせない、ということだ。後ろから父親がかばうようにして、萌華の背中に腕を回した。

「茶番は終わりだ。うちの娘をおかしなことに巻き込まないでくれ。帰るぞ」

「たかが犬の臭気選別でしょう。これだけでは証拠になんかならない」

加勢するように弁護士が捨て台詞を吐いた。

「待ってください」

都花沙は呼び止めようとするが、桐谷に口をふさがれた。

「もういいよ」

「どうしてです、桐谷刑事」

振り返ると景子は唇を嚙んでいた。それを見て、都花沙は苛立ちを爆発させる。

「だってひどすぎます。自分たちの分が悪くなったからって、勝手なことを言って逃げ帰っただけじゃないですか」

「新人なのに、随分とはっきり言うね」

なぜか笑われてしまった。元警察犬係なのに、桐谷は悔しくないのだろうか。お疲れさまと言うように、モーガンの背をぽんぽんと叩く。

「臭気選別、見事だったよ」

桐谷の声は優しいものだった。

「あとは俺たち刑事に任せてくれ」

「でも……」

これ以上何もできないことはわかっていたが、釈然としなかった。敗北感のようなものを感じつつ帰路に就く。

——たかが犬の臭気選別でしょう。

その言葉が一番こたえていた。来る日も来る日も訓練を重ね、警察犬の能力を極限まで引き出して挑んだ結果だというのに。悔し涙がこぼれそうになる。

後部座席のモーガンは寂し気にくうんと啼いた。

## 4

信号機を待つ間にシェードを窓に張り付けた。

日差しが少しきつくなってきている。ひき逃げ事件から一か月余り。都花沙は青々と木々が茂る郊外の道を車で走っていた。

河端友規はひき逃げ犯として逮捕、起訴され、裁判を待つ身だ。一方、萌華は自由の身。彼女の替え玉説は、疑いのまま消えていくのだろうか。

森の方にイヌの形をした看板が見える。〝豊田警察犬訓練所〟と矢印が出ていた。

「ここみたいね」

ウィンカーを出して、舗装されていない砂利道を進む。看板があったわりにはそこからが長かった。

土屋から〝第二〟へ挨拶をしに行くように言われた。新人は必ず顔を見せに行くことになっているという。野見山に言われた通りだったが、もう少し早く言ってほしかった。

やがて訓練所が見えてきた。

敷地はかなり広い。まるでこの森全体が訓練所のようだ。駐車場に車を停めて近づくと、多くの犬たちに一斉に吠えられる。犬に好かれるタイプだなどとうぬぼれているのを打ち砕かれるようだ。

事務所はどこかな。

そう思ってさまよっていると、シェパードを連れた男がこちらにやってきた。

顔には見覚えがあった。野見山俊二。元警察犬係にいた巡査長で、臭気選別で不正をしたことで警察を追われた人物だ。よくも平気で警察犬の仕事を続けているものだ。

「こんにちは」

こちらを見て数秒後、ああと答えた。会ったのは一度きりだが、顔は覚えてくれているようだ。

「私、岡本都花沙と言います。今年、警察犬係に配属されました」

「……それで？」

「所長さんに挨拶に来たんです」

「アポはとったのか？　今は留守だ。夜まで戻らない」

そうなのか。せっかく来たのだが出直すしかないか。

「どこかへ出動ですか？」

「ああ、警察署へな。ひき逃げ事件のことで呼ばれている」

「えっ」

野見山はブリッツを連れて、出て行った。

ひき逃げ事件の捜査はまだ終わっていないのか。どうして野見山が呼ばれたのか。問いが頭の中で繰り返されている。

臭気選別か足跡追及か、何かを調べることは間違いない。いったい何をすると言うのだろう。

気づくと都花沙は警察署に向かっていた。

挨拶しに行くと言って出てきたのだから、時間はある。駐車場に入ると、豊田警察犬訓練所の車があった。野見山がブリッツを連れて歩いていくところだった。

車を降りて近づくと、野見山はこちらに気づいた。

「何でここにいる」

「どういうことなんですか。ひき逃げ事件に関する仕事って」

「は？　それが知りたくてここまでついてきたのか」

野見山は呆れたような声を出した。

「ねえ、教えてくださいよ。何をするために呼ばれたんです？」

都花沙の問いに答えるように、姿を見せたのは桐谷だった。二人のやり取りを聞いていたようで顔が笑っていた。

「ひき逃げ被害者の宮田昴くんがすっかり元気になったそうだから、お母さんと一緒にここへ来てもらったんだ。ちょっと聞きたいことがあってね。訳あって同席してもらうために野見山さんとブリッツも呼んだんだけど、おまけも一緒に来るならどうぞ」

おまけ、か。少しむっとしたが、その通りなので言い返すことはできない。邪魔しないように、おとなしくついていく。

桐谷は軽自動車の窓をノックした。

「待たせてすみませんね」

母親の睦美と一緒に男の子がいた。ゲーム機で遊んでいる。都花沙はふと視界に入ったあるものに気づいた。駐車場の一角に、臭気選別の選別台が用意されていた。

「昴くん、体の調子はどうかな？」

桐谷が話しかける。

睦美は野見山と都花沙の顔を見て、はっとしたように会釈した。桐谷は手を伸ばし、昴の首からかけられたお守りに触れる。

「これ、お母さんがくれたお守りなんだって？」

「うん」

「このお守りが、君を守ってくれたんだね」

昴は大きくうなずく。

桐谷はにこにこしながら質問を続けた。

「昴くん、このお守りっていつから首に下げているの」

「小さいころからずっとだよ」

「そうなの？　お友達は見たことないって言ってたよ」

「その子は見たのを忘れちゃったんだよ」

早口で言うと、昴は下を向く。都花沙には意味が分からなかった。なんだろう。このやり取りは。お守りのことなど、そんなに重要だろうか。

「あとね、この男の人を知ってるかい？」

桐谷は男の写真を見せた。

「本多直紀という人なんだけど」

事件の目撃者の名前だった。昴の顔は青ざめている。知っている。そう答えているようなものだった。

「昴くん、普段はあんな遠くの公園までは行かないんだってね」

「そうだけど」

「どうしてあの日はあそこに行ったの？」

「………」

「車に当たりに行くため、かな」

都花沙は口を半分開ける。まさか……。桐谷は母親の睦美に視線を移した。

「お母さん、あなたが昴くんにやらせたんですね。車にはねられたふりをして、賠償金をふんだくろうとした。交際相手の本多が考えたことなんでしょう」

「な、何を言っているの」

睦美の指先が震えている。

「本多直紀は逮捕されましたよ」

「逮捕？」

「若村萌華の父親への脅迫罪です。娘がひき逃げしたのをばらされたくなければ一千万出せって脅したそうですよ」

その瞬間、睦美は顔に両手を当てる。

「嘘よ！　そんなことありえない」

「事実です。脅したときの音声が録音されてましてね。それを突き付けると、あっさり罪を認めました」

「そんな」

「宮田さん、あなたが現場にいたことを今から証明します」

桐谷の目配せを受けて、野見山がビニール袋を取り出す。中には白い布が入っている。何かの臭いが付いているのだろう。

「事件の時に一一〇番通報をしたのは、睦美さん、あなたですよね？　電話ボックスの受話器の臭気が採取されていましてね、これがその臭いの付いた布なんです」

思ってもみないことだった。匿名の通報だと聞いて、事故の直後に野見山が採取したらしい。別の白い布をピンセットでつかんで言った。

「これを手でもんでください。同じ臭いかどうか、調べます」

睦美は両手を口に当てたままだった。野見山はピンセットを差し出す。まるでナイフを突きつけられたように、睦美は後ずさりした。

「やめろ！」

大声が響きわたった。

「やめろ！　やめろよ」

昴だった。泣きじゃくりながら、野見山をポコポコ殴っている。野見山は何も言わずに、されるがままになっている。ブリッツはそれを悲しそうに見つめていた。

「もういいです。昴、もういいのよ」

睦美はその場に崩れた。

「この子に私がやらせました。昴は何も悪くない。全部私のせいです」

それから睦美はすべてを話し始めた。

「曲がり角だからスピードはないし、万が一、本当にぶつかっても擦り傷程度だ。そうあの人に言われて。でも計算が狂ってしまったんです。狙った車を追い抜いて後ろからあのバイクがやってきたから。スピードを出したまま昴に衝突しました。本当に恐ろしかった……」

とっさに公衆電話で救急車を呼んだ時に、はっとした。自分がここにいてはまずい。

当たり屋のことがばれてしまう。そう思って逃げ出した。

「あの人は酷い人です。昴があんなことになったのに、予想以上の大成功だと喜んでいましたから」

完全な無謀運転だったのだ。当たり屋と疑われる恐れはまずない。おまけに萌華の父親は金持ちだからいくらでも金を絞れる。本多はそう言っていたという。

睦美は本多直紀と喧嘩別れした。萌華の父を脅して金をふんだくる計画は、本多が勝手にやったらしい。

「昴は何も悪くないんです」

ただ母親に言われるがままやったのだ。まるで首輪をつけられた犬のように。母親の愛情が欲しいだけだったのだろう。こんな目にあっても母親をかばおうとする昴の健気さと、睦美や本多への怒りが混じってやりきれない思いになる。

「ごめんね、ごめんね」

睦美は泣きながら昴に謝っている。彼女は酷い母親だ。ただ一つだけ思う。それはお守りのことだ。当たり屋をさせる前に睦美が昴の首にかけたのだろう。なくなったお守りを必死で探していたのも、流す涙も全てが嘘だとは思いたくない。

彼女が連れていかれるのを見届けた後、都花沙は桐谷に声をかけた。

「こんな真相に気づくなんてすごいですね」

「俺じゃない。真相に気づいたのは、あの人だ」

桐谷は夕焼けの方を見つめる。

そこにはどこか疲れたような二つの影がある。

夕映えの中、野見山とブリッツがゆっくり歩いていくのが見えた。

※

翌日、都花沙は朝から訓練所にいた。

休みの日なので来なくてもいいのだが、気になって結局足を運んでしまう。グラウンドに出たアクセルは、自分のしっぽを追いかけて回っている。未熟なハンドラーのせいで、ストレスが溜まっていますよと訴えているようだ。

「おう、今日も張り切ってるな」

係長の土屋に声をかけられた。

「岡本、お前〝第二〟へ行ったのに所長に挨拶せず、警察署へ行っててたらしいな」

「バレてましたか、すみません」

「まあいいさ。勉強になっただろ？」

「はい」

桐谷の話では、初めに真相に気づいたのは野見山だったという。思えば初めて会ったとき、野見山はお守りを手にしていた。あの時から睦美が怪しいと思っていたのかもしれない。声紋鑑定という手もあったのに、わざわざ臭気選別で追い詰め自供させたのは彼の趣味なのだろうか。

「あの、係長」

「うん？」

野見山はどうして不正をしたのか。出かかった問いは、すんでのところで止まった。

「いえ、何でもないです」

「訓練の邪魔したな。頑張れよ」

「はい」

都花沙はポケットからボールを取り出す。ニッコリマークの描かれた秘密兵器だ。

「いくよ、アクセル」

グラウンドの中央から思い切りボールを投げる。アクセルは首をぐるんと回し、ボールの飛んでいく方へと体を向けた。

その瞬間、負けないとばかりに都花沙が駆け出す。

「おいおい、自分も追いかけるのかよ」

後ろで土屋が笑っている。

こう見えても元陸上部だ。足には自信がある。アクセルはハンドラーが競り合ってくるとは思わず、慌てたように加速した。

私の勝ちよ。手を伸ばした瞬間、ボールが消えた。

都花沙は芝生にもんどりうって倒れる。息を切らせて目を開けると、アクセルがボールをくわえながら得意げに走り回っている。いけるかと思ったのに、やはり敵わないか。都花沙はそのまま大の字に寝転がる。見上げると抜けるような青空が広がっていた。

全力で走るのって気持ちがいいな。

こんな感覚、随分と忘れていた。きっとアクセルたちも同じなんだろう。

そう思ったとき、獣の臭いが風に乗って運ばれる。アクセルがボールをくわえて、都花沙を見降ろしている。

「えらいぞ、アクセル」

たまたま近づいただけでボールを渡す気はないかもしれないが、思い切り褒めて撫でまわした。甘やかすつもりはないが、つれない態度もかわいくて仕方ない。

アクセルはくわえたボールを地面に落とすと、小さくワンと啼く。都花沙はボールを拾い上げると思った。自分はまだハンドラーとしてひよっこにさえなれていない。だが誰でも最初からうまくできるわけはない。気持ちは負けやしない。

「よし、もう一度」

都花沙は微笑みながら、さっきより遠くまでボールを投げる。新しい相棒と競い合いながら、全力でボールを追いかけた。

# 第三章　塀を越える

## 1

銀杏の木が色づき始めている。

今年も色々あったなと思いつつ、都花沙(つかさ)は車を走らせていた。

大きな木杭に打ち付けられた矢印を発見する。看板には〝豊田警察犬訓練所〟とあった。野見山が所属している〝第二〟だ。

ここへは挨拶に一度来ている。アポイントを取ってあったのだが、所長が急用で会えなかった。ずっと忘れていたら、まだ行ってなかったのかと土屋に注意された。世話になることが多いので、今からでも挨拶しとけとのことだ。

舗装されていない林道を進むと、施設が見えてきた。

「ここだったわね」

裏の駐車場に車を停め、手土産を持って門をくぐる。

事務所で声をかけたら所長は表にいると言われたので、見学しながらぐるりと回る。土埃舞うグラウンドでは人と犬とで訓練が行われていた。県警の訓練所の光景とほとんど同じだが、見慣れない瓦礫(がれき)の山があるので興味をひかれた。壊れた洗濯機や木材が転がっている。前に来たときは緊張していたせいか全く気付かなかった。

「サーチ」

英語の声符だ。サガセ、と同じ意味だろうか。ノーリードのシェパードが駆けていく。臭いを嗅ぎまわり、木箱の前で座った。

蓋を開けると、中から女性が出てくる。

「ようし、見つけたね。えらいぞ」

かくれんぼみたいな訓練だな。見入っていると、彼らと目が合った。こんにちは、と都花沙は声をかける。警察犬係の新人で挨拶に来たのだと伝えた。

「災害救助犬の訓練ですか」

「そうです。よくわかりましたね」

近寄ってきたシェパードを撫でてやる。原臭なしで不特定の人間を見つけ出せるなんて、犬の能力も様々だ。

「この子は警察犬でもあるんですよ。コマンドの言葉を使い分けることで、災害救助犬と兼任することができるんです」

「へえ。今はこっちのお仕事だってわかるんですね。お利口さんだなあ」

「うちでは他に爆発物探知犬の訓練もやってます」

育成が難しく数が少ないと聞いている。民間の訓練所で本格的に行っているところは珍しいのではないか。さすが〝第二〟だと、早速見せつけられてしまった。

「あの、所長さんはどちらに？」

「さっきまでその辺りにいたんだけどな」

見てきます、と探しに行ってくれた。都花沙はしばらくその場で待つ。興味津々で見回すと、大型犬だけじゃなくチワワやダックスフントもいた。サイドビジネスのしつけ教室で預かっている愛玩犬たちのようだ。

初めはどうなることかと思ったが、アクセルとの信頼関係も徐々に築け、半年かけて初級、上級と検定に合格した。まだ自信はないが、いつでも現場に出られるお墨付きを得た。

あの人は、いるかな。

野見山のことがずっと頭に残っている。臭気選別で不正をして警察を辞めたハンドラーだ。

ワオン、ワオン！

野太い啼き声が耳に届く。年老いたドーベルマンが、よたよたと近寄ってきた。

「その子はね、障害飛越のやりすぎで後ろ足を痛めてしまっているの」

車椅子の女性が後ろからやってくる。眼鏡の似合うきれいな人だ。

「元々はアマチュア訓練士の方のお宅にいた嘱託犬なの。飼い主さんの事情で手放さなければならなくなってしまって、うちの子になったってわけ。アタックするよう訓練されている犬だから、一般家庭で引き取るのは難しいのよね」

たしかに、と都花沙は応じる。それにペットとして飼うなら、強面よりも可愛らしい見た目の犬の方が人気があるだろう。

「警察犬はストレスで短命のことが多いから……今まで頑張ってくれた分、引退後はのんびりしてもらわなきゃ」

「本当にそうですね」

都花沙はドーベルマンのぎこちない足どりを見つめる。警察犬係は遊んでほしいだけの純粋な彼らを或る意味、利用している。そんな思いに駆られることも時々あるが、根本に愛情があれば犬たちは赦してくれるだろうか。

「ところで、あなたが新人の岡本さんよね」

車椅子の女性が覗き込むように見上げてきた。

「私が所長の下川秋穂です」

「ええっ」

声が裏返ってしまった。関係者だとは思ったが、まさか所長だったとは。

「車椅子だってこと、聞いてなかったのね。所長がこんなで驚いたでしょう」

「いえ、そういうわけじゃないです」

つい口ごもる。車椅子を見るつもりはなかったのだが、思わず目が行ってしまった。

「若いころに怪我しちゃったのよ。でも元ハンドラーだから後輩たちへの助言はできるし。周りの助けも必要だけれど、やれることは意外とあるものよ」

秋穂は微笑む。

「それにね、私には介助犬という頼もしいパートナーもいるの。あいにく今はシャンプーしてもらっているところで紹介できないけれど」

ここには介助犬までいるのか。とはいえ、車椅子の所長だなんて相当大変だろう。秋穂は手を伸ばし、ドーベルマンの後ろ足をさすった。

くうん、くうん。

おじいちゃん犬なのに、仔犬のような声で甘えている。

「いい子ね」

気持ちよさそうな顔が可愛らしくて、都花沙も撫でさせてもらった。

「岡本さんは検定に合格したばかりなんですってね」

「はい」

「警察犬係の仕事に少しは慣れたかしら。実際のところ、どう？」

問いかけられて、都花沙はアクセルとの日々を思い返した。

「最初は正直、めげそうになることもたくさんありました。犬が好きという気持ちだけではとても務まらない。憧れていた華々しい活躍も、ほんのわずかな瞬間でしかないんだなって……犬の世話と訓練に明け暮れる根気のいる仕事ですよね」

「それはそうね」

「でも、今は私、すごく楽しいんです」

都花沙は組んだ手を裏返して、大きく伸びをする。

「担当犬と心を通い合わせて、一緒にできることが少しずつ増えてくのって面白いですよね。もっともっとハンドラーとしての実力を身に着けて、彼らの力を存分に発揮できるようにしてあげたい。犬ってかわいいだけじゃなくて、本当にすごいんだもの」

秋穂の目には自分なんてひよっこにさえ映ってないだろうに、熱く語り過ぎただろうか。初対面だけど何でも話せてしまう気がする。

「こっち来て。いいもの見せてあげる」

案内されて犬舎へ入っていくと、都花沙は思わずため息を漏らした。くっつき合うように並んでいたのは、シェパードの仔犬たち。小さくて、ころころで、みんな元気にはしゃぎまわっている。

「警察犬の候補生よ。あなたと同じ、新人さん」

生後十か月頃から本格的な訓練を始めるのだそうだ。

「可愛いでしょう」

「はい、ほんとに。今日ここへ来てよかったです」

興奮を抑えきれずに言うと、秋穂が噴き出した。

ふと見ると、隅っこの離れたところでじっとしている黒い仔犬がいた。優しそうな瞳。どことなく人見知りのような気がするが、それもよかった。

「抱っこしてもいいですか」

「ええ、もちろん」

都花沙はその子を抱き上げた。

「いい子、いい子」

鼓動とぬくもりが伝わってくる。ぺろぺろと顔を舐められて都花沙は笑い声を上げた。

秋穂も手を伸ばし、そっと仔犬の腹を撫でる。

「この子はね、警察犬には向いてないかもしれないわ」

どうして、と都花沙は目をぱちくりさせる。

「とても優しい子だからよ。いっそ盲導犬の方が合っているかもって思うくらい」

「シェパードを盲導犬に、ですか」

「少ないけれど、いることはいるのよ。逆に警察犬には、もっとやんちゃで好奇心いっぱいの子の方が向いているの。どの子も幸せになってほしいから、それぞれの個性に合った将来を考えてあげたいのよね」

訓練をしても警察犬として活躍できるのは、五十頭に一頭とさえ言われているという。

「ここから何頭の子が警察犬になれるかしら」

秋穂のまなざしは母親のようだった。都花沙は、腕の仔犬を仲間のもとにそっと降ろしてやる。名残惜しそうに見上げて、くんくんと啼いた。

お前は警察犬になりたい？　盲導犬になりたい？　それとも……。

いつまでも見ていたい気分だったが、都花沙は立ち上がる。アクセルはどんな仔犬だったのだろう。いつか桐谷刑事に会うことがあったら聞いてみようか。

その後、事務室でしばらく話し、秋穂の介助犬も紹介してもらった。一つショックだったのは、秋穂の足が不自由になってしまった理由だ。捜索中の爆発事故でやられたそうで、そのとき失った相棒の写真を見せてくれた。

「エリスって言うの。私を爆発からかばって」

茶色いきれいなシェパードだった。警察犬は担当者をかばうというのは本当なのだなと、話を聞いて涙ぐまずにはいられなかった。爆発物探知犬の訓練までやっているのは、そういうことも関係しているのだろう。

「岡本さん、また遊びに来てね」

「はい。これからもよろしくお願いします」

礼を言って、外へ出る。

感じのいい人だったな。すっかり休日気分で駐車場に向かうと、一台のバンがとまって人が降りてくるのが見えた。シェパードをつれている。野見山とブリッツだ。前に会ったのはアクセルと訓練しはじめたころなので、随分と久しぶりに感じる。

「こんにちは」

「……ああ」

なぜだか反応が薄い。

「私、岡本都花沙です。犬係の新人で何度かお会いしました」

そうだったか、と野見山はつぶやく。

「今日は所長さんに挨拶しにきたんです。今、帰るところで」

「そうか。お疲れさん」

関心なげに立ち去ろうとする。

彼のハンドラーとしての腕はすごいと思うが、ずっと引っかかっていることがあった。景子から聞いた彼の不正のことだ。他の同僚たちにもそれとなく聞いてみたが、言葉を濁されて誰も教えてくれない。

「あの、野見山さん」

声をかけると野見山は顔を上げた。

「前は警察犬係にいらっしゃったと聞きました。私の先輩にあたるんですね」

「そうだが、それが何か」

「あなたが警察を辞めた理由……臭気選別で不正をしたって聞きました。それって本当なんですか？」

睨むようなまなざしが、黙ったまま向けられた。人の心に土足で入るようではあるが、本人の口から聞くのが一番正確だろう。この反応、不正をしたというのは本当なんだ。

「どうして今もハンドラーを続けているんですか」

「意地だよ」

思わぬ答えだった。どういう意味なんだ。

「逆に聞く。あんたはなんで、犬係なんぞになった？」

「私ですか」

「ああ。犬が好きとか曖昧な理由なら早いところ辞めちまえ。この仕事をあまり舐めない方がいい」

「そんな……舐めるだなんて」

「ハンドラーとして一人前になるには二十年はかかる。十年でもひよっこだ。警察の犬係なんぞすぐに異動になる。七、八年いられたら長い方だ。そんな生半可な腕前で警察犬を扱うなんて舐めているとしか言いようがないだろう」

言い返せずにいると、野見山は背を向けて去っていった。

都花沙はふうとため息をつく。

ぶしつけなことを聞いて怒らせてしまったか。だが自分がこの仕事と真剣に向き合うには、はっきり聞いておきたいことだったのだ。

「あれ？」

スマホを取り出すと、着信ランプがついていた。挨拶が済んだことを報告しようと思ったのに、土屋の方から電話が来ている。

「もしもし。岡本ですが」

かけ直すと、すぐに土屋が出た。声に切迫感がある。

「すぐ戻れるか。出動要請だ」

都花沙は、はいと答えた。

「森とモーガンを出す。岡本も一緒に向かってくれ」

「行方不明者の捜索ですか」

問いかけると、少し間があった。

「ダッソウだ」

「えっ？」

単語の意味が、すぐに腑に落ちなかった。

「脱走だよ、脱走。少年院の入所者が逃げ出した。行方がわからなくて大騒ぎになっている」

あまりのことに言葉を失った。

「すぐに行きます」

都花沙は通話を切ると、車を発進させた。

照りつける太陽のもと、大事件が静かに進行していた。

少年院から脱走者が出るなんて、滅多にあることではない。

「こんな出動は初めてですね」

「何度もあったら困るわよ」

景子は助手席でため息を漏らす。

少年院に到着すると、警察の車が周りを取り囲むように何台も停まっていた。コンクリートの外壁を想像していたが、実際には学校のプールにありそうな普通のフェンスだった。警察犬ならジャンプして飛び越えられそうだが、上に有刺鉄線が張り巡らされている。よじ登っていったのなら、さぞかし痛そうだ。

警察関係者の中に見覚えのあるひげ面を見つけた。久しぶりに会う桐谷刑事だ。施設の職員から話を聞いているところのようで、こちらに気づくと手招きされた。

「脱走した少年は沢崎凪人。十七歳」

説明しながら写真を見せる。眉毛が細く、目つきが鋭い。人を見た目で判断するのはよくないが、いかにもという感じの少年だ。

「畑での作業中、少年たちが一斉に脱走しようとしたそうだ。職員たちが必死に捕まえたが、沢崎だけがフェンスを越えて行ってしまったらしい」

「我々の管理が行き届いてないばかりに……」

責任者の男性はこの世の終わりといったような顔だ。脱走未遂の少年たちも現在、調査中だそうだ。

「沢崎凪人はどんな少年だったんですか」

「こんな大それたことをするとは思えないくらい地味でおとなしい子ですよ。周りのやつらによくからかわれているくらいで」

特に親しい友達もなく、学校も行かずに家で引きこもっていた少年だという。職員は腰に手を当てため息をつく。

「おそらく他の少年たちに付き合わされたんでしょうな。脱走なんてしなくても、あと半年もすれば外へ出られたんですから」

沢崎凪人が過去に犯していたのは万引き行為だ。これまでに何度か裁判所に送致されており、件数が目に余るほどだったので少年院に入れられたらしい。

「少年院側の責任問題だ。できる限り早く確保できるよう、全力で頼む」

桐谷からビニール袋を受け取る。入っているのは沢崎凪人の上履きだ。これを原臭に、警察官たちと捜索するよう指示を受けた。

「頼んだぞ」

「はい」

景子と都花沙の返事が重なった。

「おいで、モーガン」

景子がケージを開けると、待ち構えていたように地面に降りたった。早速、原臭を嗅がせる。その時間は犬によって差があると言われるが、景子がベストを見極める前に十分だというようにモーガンは顔をそらせた。

「サガセ」

追跡が始まった。モーガンは姿勢を低くして、鼻を地面につける。前のめりになりつつ、ぐいぐいとリードを引き始めた。警察官が感心して声を上げる。

「すごいなあ。もう見つけたようですね」

ええと景子はうなずく。相棒を褒められて嬉しそうだ。

モーガンはためらわず田んぼのわき道を進んでいく。ぬかるみでは少年が足を踏み外したと思われる跡も発見した。都花沙たちの足元が泥だらけになっていく。水で濡れているところは臭いが消えてしまうが、モーガンは臭いの残る点と点を繋いで追っているのだ。

「引きが、強くなっていく」

「この先の住宅地へ向かっているみたいですね」

都花沙は案内標識を見上げた。

予想通りのルートを一キロほど追跡して住宅街へ入り、モーガンはある一軒家の前で足を止めた。玄関前の草が伸び放題で、ポスティングのチラシがあふれている。

「空き家のようですね」

中の様子をうかがっていた矢先、窓ガラスの端が破壊されていることに気付いた。

「まさか、この中に」

いるかもしれない。モーガンが家に向かって吠え出したので、その可能性は濃厚だ。景子と都花沙はその場で待機。警察官たちが家の中へ入っていき、しばらくして出てきた。

「少年院の作業着が脱ぎ捨ててあったぞ」

臭いに反応してモーガンが吠える。沢崎凪人の物に違いない。

「タンスの中身がひっかきまわしてあったから、ここにあった服に着替えたようだな」

すぐに見つかるかと思いきや、空き家に侵入して変装するなんてなかなか手強い。本気で逃げ切ろうとしているのか。都花沙は家の敷地を出て辺りを見回す。

「行きそうな場所とかないんでしょうか。単純に逃げ回っているだけなんですかね」

他の警察官たちも捜索中だろうが、今のところ続報はない。

「とりあえず私たちは臭いを辿っていくしかないわ」

原臭を嗅がせようとして、景子は手を止める。

「どうしたの、モーガン」

様子がおかしい。耳をぴくぴくと動かし、鼻先を上げた。つられて見上げると、上空をヘリが飛んでいく。

「何かあったんですかね」

都花沙がつぶやいた瞬間、電話が鳴る。土屋からだった。ハンズフリーで景子が応答した。

「係長、どうしました」

「大変なことになったぞ。捜索は中止だ。一度、戻ってこい」

電話越しにも緊迫感が伝わってくる。

「沢崎凪人がコンビニ強盗をやらかした」

「えっ」

　突然のことに都花沙は息を飲む。景子と顔を見合わせる。そんなことが……何気なく視線を落とすと、モーガンがこちらを見上げていた。

2

　訓練所に戻ると、疲れたモーガンを犬舎へ戻してやった。

「よく頑張ってくれたわね」

　景子がねぎらいの言葉をかけている。おとなしい少年だと思われていた沢崎凪人の凶行に警察全体が揺れている。ひとまず役目を終えて、モーガンは休憩だ。

　警察犬係の事務所に戻った。

　待ち構えていたように係長の土屋が言った。

「店の防犯カメラに映っているのが確認された。沢崎凪人に間違いない。コンビニ店員に刃物を突き付け、現金を奪って逃走した」

　大変な事態になったようだ。

「聴取が進んでいる。他の逃走騒ぎを起こした少年たちの話によると計画的な企てだったらしいが、そいつらと沢崎凪人は無関係らしい」

ということは、沢崎は周囲の混乱に乗じて突発的に逃げたということだ。

「改めて出動だ。コンビニからの追跡になる」

「岡本、アクセルは行けるか」

「行けるって?」

「何寝ぼけているんだ。岡本、お前さんがアクセルと現場へ行くんだよ」

「え!」

背骨が自然とまっすぐ伸びた。

「驚くことはない。やれるだろう?」

「あ、はい」

アクセルの体調に問題はない。上級検定にも合格し、いつでも現場へ出られることになっている。だがこんな大事件、私でいいのだろうか。

「大丈夫よ。私もついていくし」

景子に背中をぽんと叩かれた。うんうん、と土屋はうなずく。

「心配するな。援軍も送る」

援軍? 意味はわからなかったが、事態は深刻だ。新人の都花沙だけに任せるようなことはしないだろう。いつも通り、ベストを尽くせばいい。

犬舎へアクセルを迎えに行く。彼にとっては久しぶりの現場だ。

「よろしく頼むね。先輩」

都花沙の緊張が伝わったのか、きりっとした目でワンと啼く。

任せろ。

そう言っているようで、肩に入り過ぎた力が少し抜けていった。


現場へ向かう途中も、パトカーのサイレン音がさかんに響いていた。

緊急配備検問が敷かれているのだろう。

事件現場となったコンビニは、さびれた商店街の横にあった。

午後九時過ぎ。周りに進入禁止のテープが張られていて、警察官や野次馬が取り囲んでいた。

店内には万引き防止を呼びかける、ゆるいステッカーがいくつも張られている。

「このコンビニ、テレビに出てたわよ」

景子がスマホで記事を見せてくれた。万引き防止に積極的に取り組んでいて、メディアで紹介されていたらしい。

桐谷が事情を聴いていた。

「わけがわかりませんでした」

被害に遭ったのは井本悠馬という店員だ。

「店に来てレジかごにぽいぽい商品を入れていったんです。普通の買い物客だと思ったら、レジを通らずそのまま店の外へ出ていこうとしたんです」

「それであなたは？」

「びっくりして追いかけました。お客さん、って。そうしたらいきなり殴られて。倒れて起き上がったとき、ナイフを持ってるのが見えて」

殺されると思い、そのまま外へ逃げだしたらしい。防犯カメラで確認すると、彼の言ったことに間違いはなかった。

沢崎は何か言っているが、音声がないので聞き取れない。

その後、沢崎はレジを破壊して現金を盗っていく。盗まれたのは現金七万円くらいだったという。

「あんな危ないやつ、早く捕まえてくださいよ」

殴られた怪我は軽傷だったが、おとなしいと思われていた少年はとんでもない凶悪犯に変貌を遂げていた。

「おう、来たか」

こちらに気づいた桐谷が手招きした。

「初出動だって？　よりにもよって重大事件だな」

顔が笑っている。

「現場では犬とハンドラー、それぞれの感覚のコンビネーションが大事だ。新人には難しいだろうが、ダメもとだと思って死ぬ気でやれ」

「はあ」

桐谷のことはだいぶわかってきたつもりだが、不本意ながらくじけそうだ。横で見ていた景子がすかさずフォローに入る。

「岡本さん。ほら、援軍が来てるわよ」

リードの先にいるのは、エアデール・テリア。ダンテという名前の直轄犬だ。イギリス原産の中型犬で、シェパードの警察犬が多い中、目を引く。もしかして〝第二〟が呼ばれたのかと思ったが、違っていた。ダンテは昼間、県警主催のふれあいフェスタでPR活動をしていたはずだ。

「来てもらえてうれしいですけど。ダンテ、出ずっぱりで疲れていませんか」

ダンテのハンドラーは、まあなと言った。

「こんな非常事態にそんなこと言っていられないさ。愛嬌を振りまいていただけだから、いつもより元気なくらいだろ」

同意を求められたがダンテはそっぽを向く。縮れた茶色の毛が目に覆いかぶさり、口ひげが伸びているように見える。哲学者みたいな容貌だ。

桐谷はコンビニの出入り口前に立ち、左右を同時に指差す。

「ダンテはこう言っているよ。沢崎凪人の臭いはこっちとあっち、両方にあるってね。ここへやって来た方と、逃げてった方だ。なあ、そうだろ」

横でダンテはあくびをしていた。

「さて……どっちへ逃げてったんだか」

通常は目撃情報や防犯カメラ映像などで判断がつくそうだが、今回はよくわからないらしい。地図を見ていた景子が顔を上げる。

「沢崎がいた少年院はここから見て東の方にあります。ということは東から来て西に向かった……」

景子は言葉を切った後、付け加える。

「……とも限らない」

桐谷はうなずく。

「そういうこと。時間的に徒歩でここまで来たとは考えにくい。途中、何か乗り物を使って移動したんだろうな。一度西まで行ってから戻ってきた可能性もある。ここは二手に分かれて追うしかない」

そうですねと景子はうなずく。

「ダンテとアクセル、どっちかが当たりってことですね。とにかく早く見つけないと」

原臭を嗅がせると、早速二手に分かれて追うことになった。

「サガセ」

現場で初めての声符だった。

アクセルはすぐに臭いを探知したようだ。老人や子どもなどの行方不明者はゆっくり歩くから臭いが残りやすい。だが今回のように逃走している場合は、臭いが広い点となって見つけにくいのだ。頑張ってと、祈るようにリードを握り締める。

闇夜の中、アクセルの追及が始まった。

モーガンの優秀さはずっと見てきたからよくわかる。だが一方、ダンテも経験豊富で優秀な警察犬だ。この二頭に引けを取らないくらいアクセルも活躍していたのだから、ハンドラーの自分が足を引っ張りたくはない。

三十分近く歩いたところで、アクセルの足が止まった。そうかと思うと不自然に動き出し、右往左往という格好になる。一軒家やアパートが軒を連ねている住宅地だ。

「アクセル、ここに何かあるの？」

鼻先を上げて都花沙を見るが、すぐに下を向いてしまった。足跡追及の訓練中には見なかった様子だ。どうしてだろう。

一緒についてきた警察官が指さす。

「あれのせいで臭いが消えてしまったんですかね」

左の方を見渡すと、民家の間に古いガラス工場があった。看板には『ヤトミ硝子店』と書かれていた。

「ううん、どうでしょう」

さび付いた機械が並んでいるのが見える。人間にはわからなくても、犬の鼻を邪魔するような臭いがあるのだろうか。人や車の通りも、それほどある場所ではない。落ち着けと自分に言い聞かせながら、都花沙はアクセルの動きをじっと見つめた。しばらく同じ場所をうろうろと回っていたが、やがて何かに気づいたように再び歩き始める。

「よかった。問題なかったみたいですね」

「ええ、まあ……」

景子はどこか引っかかる様子だったが、アクセルはリードをぐいぐいと引いていく。大丈夫、臭いの点は見失っていない。それからもアクセルは休むことなく沢崎の臭いを追い続けた。

住宅地を抜け、大きめの公園へ入っていく。

何かを見つけたとでも言いたげに、鼻をしっかり地面につけて離さない。すごい集中力だ。強く引っ張っていった先で、アクセルはワンと一声啼いた。

「誰かいる」

うなだれるように、滑り台に寄りかかる人影があった。頭からタオルをかぶっていて顔はよく見えない。もしかすると逃走中の沢崎凪人だろうか。警察官が後ろに回り、取り囲むような態勢になった。緊張感が高まる中、アクセルが一気に吠えだす。

警察官がライトを向けて、声をかけた。

「すみません、いいですか」

男はびくっとしたのち、頭にかけたタオルを外して顔を上げる。

「……何だ」

ぼさぼさの長い白髪に、しわだらけの顔。どこからどう見ても、沢崎ではない。

「アクセル、もういいよ」

吠えるのを止めるよう指示した。内心、がっかりする気持ちを抑えられない。訓練ではうまくできても、現場では力を発揮できないということか。

やれやれといった表情で警察官が近づいていく。

「あなたはここで何を？」

「何をって、寝てただけだよ」

男は荒井（あらい）佐太郎（さたろう）というホームレスだそうだ。いつもこの辺りで寝泊まりをしているという。

「荒井さん、この少年を見ませんでしたか」

警察官が見せたのは、沢崎凪人の顔写真だった。顔を近づけると、ふっと笑う。

「ああ、会ったよ」

「本当ですか」

都花沙は声を上げていた。

「ああ。一緒にカップ麵を食ってた。俺が恵んでやったんだ」

どうやらこの男に沢崎の匂いが付着していたのだろう。アクセルは間違ってなかったと、ほっとする。

「何時ごろのことでしょう」

「そんなの知るか。時計なんてないんだから」

寝ているのを邪魔されて、荒井は不機嫌だ。

「あのガキ、どっかから逃げてきたって言ってたけど、何かやらかしたんか」

「捜査中なので言えませんが……」

少年院から逃走してコンビニ強盗をしたことは知らないようだ。

「ここにいたときの様子はどうでしたか。何かしゃべっていませんでしたか」

「さあなあ、どうだったたっけな」

「荒井さん、何でもいいから思い出してくださいよ」

「腹減ったってことと、会いたい人がいる……みたいなこと、言ってたか」

都花沙と景子は目を合わせた。

「会いたい人って誰ですか」

「それは知らん」

強盗で金を手に入れ逃走し続けるのは、その人物に会うためだったのか。少年院を逃げ出した理由は今まで謎だったが、この証言は貴重な情報になるかもしれない。

「それで沢崎は？」

「ああ、そっちへ歩いていったよ」

荒井は交差点の方を指差す。警察官は息を吐きだした。

「俺たちが来た方……か」

「反対方向には駅がありますね」

景子は遠くを見るようにして言った。荒井と別れて追跡を再開すると、予想通り、駅へと近づいていく。だが人通りが多いせいで臭いは消えてしまったのだろう。アクセルは完全に足を止めてしまった。申し訳なさそうに都花沙の顔を見上げる。

「防カメ、確認させてもらいましょうか」

「そうですね」

警察官たちと駅に入り、駅員に協力を求めた。早速、映像を確認していく。ラッシュ時以外は乗客が比較的少ない。事件発生時刻やホームレスと一緒にいたことなどを考慮して絞り込んでいくと、思ったよりもすぐに見つけることができた。

「どうやら沢崎のようですね」

杖をついた老人が切符を通した直後、すぐ後ろに続いて改札口をすり抜けている。時刻は午後七時十三分。トレーニングウェアを着てフードをかぶっていたが、顔は本人だと確認できる。そのあと駅から出て行くところも別のカメラに映っていた。

「ということは？」

「こっちはハズレのようね」

やはりそうか。だがコンビニまでの足取りをつかむことはできた。警察官が無線機で報告している。

「沢崎凪人は少年院から脱走した後、民家に侵入。そこで作業着を着替え、電車で移動。ホームレスと食事をとり、コンビニへ向かった……」

金銭を奪った後、ダンテが追う方向へ逃げたというわけか。アクセルに水を飲ませやりながら都花沙はつぶやく。

「会いたい人がいるって、沢崎が言ってたというのが気になりますね」

「ええ、そうね。家族とか友人とかかしら。脱走したのが人に会うためなら、特定できれば見つけやすいのだけど」

この続きは捜査員たちの仕事だ。ダンテの追跡はどうなっただろう。そう思っていると、タイミングよく土屋から電話がかかってきた。近くの繁華街まで追跡したところで臭いが消えてしまったそうだ。人ごみに紛れて見つからないように逃げているのだろう。ダンテも優秀な警察犬だが、繁華街では太刀打ちできまい。

「初出動、お疲れさん」

戻ってこいと言われた。臭いの主にたどり着けることは稀だ。捜査の手がかりを見つけただけでも役に立ったといえるだろう。悔しいがここまでだ。

振り返ると、アクセルの鼻は空を見上げている。まだ頑張れると言っているようだ。

「よくやってくれたね。もういいんだよ」

都花沙はアクセルの頭を撫でると、ぎゅっと抱きしめた。

3

野見山俊二は、犬たちの様子を見回ると檻に鍵をかけた。

しつけ教室で預かっている土佐犬は疲れ切って眠っている。

「お疲れ様」

振り返ると、秋穂だった。

「飼い主さんはどうしてもいうことを聞かない狂暴犬だって言ってたのに、さすがね。もうおとなしくなったの？」

「犬は悪くない。人が悪いんだ」

狂暴になった犬の原因は飼い主にある。それで、しつけ教室に預けるならまだいい。こんな犬は処分してくれと愛護センターに連れてくる輩がいるそうだから困ったものだ。

「寝ないの？」

「ああ、今夜は呼ばれそうだしな」

バリバリという音に、秋穂が顔を上げる。

野見山もつられると、上空をヘリが飛んでいた。ニュースで見た。少年院から脱走した少年がいて、強盗に入ったと。警察の威信をかけても早期解決をしたいはずだ。

「あ、電話よ」

秋穂が言った。こんな時間にかかってくるということは、おいでなすったか。野見山は席を立つと、スマホを手にした。

「こんばんは、野見山さん。もう寝てました？」

桐谷だった。やはり出動要請か。

「ニュースで大騒ぎしてるのでご存じでしょうが、少年院脱走の件です」

「苦労しているようだな」

面目ないです、と桐谷は小さく笑った。

警察犬に理解のある桐谷が刑事になってから、随分と仕事がやりやすくなった。とはいえ人探しなど、もっと早く要請してくれればという事件もいまだに多い。臭いが消えた後や行方不明者の生存率がわずかになってから呼ばれても、せっかく訓練した犬たちの能力を活かしきれないのだ。

今回の捜査の状況が伝えられた。

「会いたい人がいる。沢崎はそう話していたそうです。それが今回の脱走と関係があるのかはまだ不明ですが」

誰に会いたいと言うのだろうか。逃走中の発言なので重要だ。

「少年の家族は？」

「共働きの両親と三人暮らしです。自宅周辺も張り込んでますが、今のところ姿は見せていません」

沢崎だって馬鹿ではないだろう。警察が先回りしていることくらい予想しているはずだ。

「警察犬の捜査状況は」

「はい。強盗事件のあったコンビニから二方向へ二頭で捜索しましたが、繁華街で臭いは途絶えました……」

「そうか」

「アクセルは新しいペアになってから初出動なんですよ」

あの、新人か。えらく派手な初出動ときたもんだ。

「これまでの捜索経路は会ったときに教えてくれ」

「じゃあ、お願いしますよ」

ああと言って通話を切る。

「行ってくるよ。出動要請だ」

「勘が当たったようね。先に休ませてもらうわよ」

「遅くまで付き合わせて悪かったな。じゃあ、行ってくる」

さてと仕事だ。

着替えると、野見山は犬舎に向かう。右耳の垂れたシェパードが尻尾を振って待っていた。お呼びがかかるとお前も感じていたか。

「行こうか、ブリッツ」

野見山は扉を開けた。


警察官数名を引き連れ、捜索が続いていた。

沢崎凪人の臭いを追ってブリッツは進み、住宅街に入っていく。

「なんでこっちに来ちゃったんですかね」

後をつけてくる警察官たちの声が耳障りだ。

「あれは名犬だぞ、意味不明でも文句言えないだろ」

「でも同じとこ、ぐるぐると回ってないですか」

聞こえないつもりだろうが、残念ながらこちらは犬並みに聴覚がいい。

少年院脱走から十二時間も経つ。警察では検問を実施。人を増やして徹底的な聞き込み、防犯カメラの確認などを行っているが、これといった情報は上がっていない。ダンテが臭いを見失った繁華街から先の行き先はわかっていない。

「少し休ませてください」

立ち止まって警察官に声をかける。野見山はペットボトルの水をブリッツに飲ませる。健康管理は大切だ。野見山も水筒のお茶を胃に流し込んだ。さてと、どうしたものかな。そう思いながらガラス工場を見つめていると、鑑識課の車が停まった。

ユニフォーム姿が下りてくる。都花沙だった。

「野見山さんも出動要請があったんですね。どうしてこんなところにいるんですか」

「沢崎を探している」

「こっちは逆方向ですよ」

都花沙は指差した。

「強盗のあったコンビニから繁華街へ逃げて行ったんです。こっちは逆方向です。私もアクセルと辿ってハズレだったから」

都花沙の後ろで警察官たちがそうだ、そうだと言いたげに見ている。

「私たち、今からモーガンと名古屋駅へ向かうところなんです。沢崎凪人が東北へ向かう可能性があると連絡を受けました。おじいちゃんが入院しているそうで、具合が良くないんですって。少年院で沢崎がショックを受けていたって情報があったそうです」

「コンビニまで襲っておいて、そんなキャラなのか」

「相当なおじいちゃんっ子だったらしいですよ。駅構内や主要駅の張り込みに加わるよう指示を受けました」

そうか、と言って野見山は視線を下に落とす。ブリッツは水を飲み終わったようだ。

「野見山さんも一緒に行きませんか？　直轄も嘱託も関係ないですもん。とにかく早く見つけなくては」

「いや、俺はこのまま行く」

どうしてと、都花沙は目を丸くする。

「ここはもう沢崎が通り過ぎた道ですよ。逆方向なんですってば。時間と労力がもったいないですよ」

野見山はブリッツのリードを握り締める。

「俺は俺のやり方で追う」

都花沙を押しのけるように横を通り過ぎ、車に背を向けた。

## 4

時刻は午前四時になっていた。

警察犬係に戻った都花沙たちは、今までの状況を整理した。捜査本部は沢崎が繁華街に潜伏し、公共交通機関が始発を迎えてから何らかの動きを見せるとふんでいるようだ。

「ブリッツも出動していたんだな」

土屋の言葉に都花沙はうなずく。

「野見山さんは逆方向へ向かってました。見かねて止めたんですけどね」

ちゃんと探す気があるのだろうか。ブリッツが気の毒だ。

土屋はホワイトボードに書き込んでいく。

「自宅周辺には現れていないようだし。東北のじいちゃんとこへ向かうのか、闇雲に逃げ回っているだけなのか……」

沢崎が何を考えているのかよくわからないが、逃走資金は十分手に入れている。

「面子（メンツ）などどうでもいい。早くとっ捕まえろ」

「はい」

返事をした直後に連絡が入った。受話器を耳にしたまま、土屋は大きな声を上げる。

「本当ですか！」

何かあったのか。受話器を置くと、にやりと笑う。

「目撃情報だ。駅の警戒にあたっていた地域課の警察官が沢崎を見つけたらしい。すぐに逃げられたそうだが、まだ近くにいるだろう。警察犬係に出動要請だ」

場所は改修工事中の競技場前だという。これでようやく追い詰めることができそうだ。

「森、モーガンは戻ったばかりだな？」

「はい。休ませているところです」

土屋の視線は都花沙に向けられた。

「アクセルはどうだ」

「もう回復していると思いますが」

「老犬だが体力はあるからな。戦力は総動員だ。行ってこい」

「はい」

都花沙はうなずく。いよいよ大詰めだとはっぱをかけられて犬舎に向かうと、アクセルは檻の前で立ち上がっていた。興奮気味に尻尾を振っている。

「少しは眠れたかな。疲れてない？」

もう一度行かせてくれ。久しぶりの出動が楽しかったみたいだ。そう感じるのは、都合のいい勝手な解釈だろうか。だがアクセルは早くとばかりに激しく啼く。

「わかったわ、一緒に行こう」

　都花沙は檻の扉を開けた。


　東の空が、少しだけ白み始めていた。

　アクセルをケージに入れると、競技場に向かって車を走らせる。

「発見からまだ二十分も経っていない。追えるわ」

　周辺の公園も含めて改修工事が広範囲で行われている。近くの交番には、沢崎を目撃したという警察官が待っていた。

「間違いありませんよ。声をかけようと近づいたとたん、ダッシュで逃げてったんです」

　近くの防犯カメラにも映っていたので間違いないそうだ。

　都花沙はアクセルに原臭を嗅がせる。

「サガセ」

　声符を受けて、アクセルは鼻をアスファルトにつける。時間が経つほどに臭いは消えていってしまうが、今ならしっかりと残存しているはずだ。

「よし」

　臭いの点を見つけたようだ。都花沙にはわからないが、アクセルにはしっかりと感じられているのだ。点々と続く臭いをつないでいけば道になる。それをひたすらたどっていく。

そうでしょ、アクセル。

「偉いなあ、もう見つけたか。犬のお巡りさん、頼んだよ」

付き添いの警察官が褒めてくれた。ハンドラーとしても腕の見せ所だ。

沢崎はどこかに潜伏しているかもしれない。突然襲ってくる可能性もあるので、周囲を警戒しながら進んでいく。

臭いはどこへ向かっているんだろう。

アクセルの進行方向に大きな公園が見える。あそこは昨日、ホームレスの荒井がいた場所だ。若者が数人、酔っぱらって大声ではしゃいでいるのが邪魔だが、追跡の妨げにはならない。そう思ったとき、前を歩く足がぴたりと止まった。

「どうしたの、アクセル」

公園にはまだたどり着かない。辺りはビルやマンションがあるだけだ。だがアクセルの鼻先は上を向いていて、そのビルに向かって何度か吠えた。

「まさか、ここなの？」

「行ってみましょうか」

警察官は五階建てのビルの非常階段を指差す。チェーンが外されていて登れるようになっている。アクセルはそこに行きたいようだ。さっきの若者たちがバカ騒ぎをする声を聞きながら、都花沙たちは非常階段を上っていく。
この上に、沢崎がいるのか。
アクセルは階段でも元気いっぱいだ。警察官が息を切らして置いてけぼりになってい
るが、都花沙は必死についていく。陸上で足腰を鍛えておいてよかった。ようやく上り
切って、屋上に出た。
見渡すと、貯水タンクの横に人影があった。
「えっ、どうして？」
都花沙は目を大きく開ける。
そこに立っていたのは、野見山とブリッツだった。桐谷や警察官の姿もある。
彼らが見つめる先には、もう一つの影があった。
「ここまでだ」
ビルの間に差し込む朝日に照らされて、その横顔が見える。まだあどけない顔。唇を
固く閉じ、野見山たちを睨みつけている。
沢崎凪人。
間違いない。ようやく見つけることができた。
というか野見山たちに先を越されたようだが、ただ事ではない緊迫感に都花沙は息を
飲む。途中で警察官を置いてきてしまったが、早く来てほしい。

荒い息づかいの沢崎は、後ずさりしながら何かを取り出す。

ナイフの刃先に朝日が反射した。

完全に目が据わっている。どこがおとなしい少年だというのだ。うかつには手が出せないようで警察官が銃を向けた。だが撃てるもんなら撃ってみろとばかりに、沢崎はひるまない。

「お前が脱走した目的はわかっている」

桐谷は沢崎に向かって両手を広げた。間の距離を少し詰める。

「人を殺すため、だろ」

殺す？ どういうことだ。都花沙の心の問いに答えるように桐谷は続けた。

「死ねよ、くそ野郎」

不意の罵倒に、沢崎は驚いた顔をしている。

「お前がコンビニ強盗で言っていた言葉だよ。やっと解読できた。お前が殺そうとしているのは、井本悠馬だ」

井本悠馬。どこかで聞いただろうか、まさか……そうだ。あのコンビニ店員だ。確かに防犯カメラの映像で、沢崎は何か言っていた。

「狙いは金じゃなくて店員の井本だった。逃げられてしまったから、もう一度襲うつもりだったんだろ？」

「…………」

「逃走したお前はここに隠れて待ち構えていた。井本の自宅はすぐそこだからな」

桐谷の言葉に、沢崎は反論しない。それはイエスだと答えているに等しかった。

歩行者道路を見下ろすと、歩いてくる青年の姿がある。井本悠馬。コンビニ強盗の被害者だ。屋上から大勢に見られていることなど全く気づいていない。

「井本悠馬に恨みがあるんだな。だが、あいつはお前を知らないみたいだったぞ。どうして一方的に恨んでいるんだ。訳を教えてくれないか」

沢崎の目は凍り付いてから、すぐに笑みを浮かべる。いや、笑ってなどいない。目にはらんらんとどす黒いものが浮かんでいる。

「死ねよ、くそ野郎！」

叫ぶように言い放つと、沢崎は階段に向かって走り出す。だがその前にブリッツが番犬のように立ちふさがる。

沢崎は後ずさりした。拳銃を構えた警察官が次第に距離を詰めていく。逃げ場はない。

だが手すりに上ると、沢崎はそこから飛び降りた。

「そんな、五階だぞ」

警察官たちが、驚きの声を上げた。覗き見ると、沢崎は隣のビルのバルコニーに飛び移っていた。

「無茶苦茶だ」

「よく着地したな」

高さも距離もあり、落ちれば命がないだろう。沢崎は再びナイフを手にしている。井本は何も知らずに歩いていく。

「くそったれ」

桐谷は非常階段を駆け下りていく。野見山もブリッツを階段へ走らせる。

「私たちも行こう」

都花沙も追いかけようとするが、引き留めるものがあった。

ワオン！

アクセルだ。リードをピンと引っ張って、そっちじゃないと吠えている。アクセルの鼻先は、沢崎が逃げた方へ向いていた。

いかせろ。

そう言っているように、大きく吠える。

わかったわ。

都花沙はリードを手放す。

「トベ！」

実戦では使うことがないと思った声符を、都花沙は力いっぱい叫んだ。

アクセルが宙を舞う。弧を描き、バルコニーに着地すると、非常階段を駆け降りていく。

沢崎は階段の壁を乗り越え、地上に飛び降りた。

そこに井本がやってきた。

立ち止まってきょとんとしていたが、ふいに悲鳴を上げた。沢崎がナイフを突き出す。だがその背後に飛び掛かる影があった。アクセルだ。沢崎の腕に噛みついた。

ぎゃあ、という声とともに沢崎の手からナイフが滑り落ちる。それを桐谷がすぐに蹴り飛ばした。直後に警察官たちが一斉に沢崎に飛び掛かる。

「ここまでだ」

沢崎の腕に手錠がかけられた。

「くそ！　くそ野郎！」

暴れているが何人もの警察官にのしかかられ、やがて沢崎の体から力がふっと抜けるのがわかった。

騒ぎを聞きつけたのか、近所の人たちが遠巻きに眺めている。

野見山とブリッツは、沢崎が連れられて行くのを見届けると姿を消した。

やがて桐谷がこちらにやってくる。

「お疲れさん。よくここまでたどり着いたな」

「いえ、ブリッツの方が先だったようで」

どうして先回りできたのか。臭いの道筋は一つのはずなのに、ここへ来るまでに姿を見かけなかった。その問いに答えるように、桐谷は向かい側の古い建物を指差す。

「見覚えがないか」

桐谷が示す先には、ガラス工場があった。

「あれは昨日、捜索途中に見かけた工場……」

コンビニから沢崎の行方を追っていたときのことだ。野見山がブリッツに水を飲ませていた場所でもある。

「あの辺りでアクセルがうろうろと歩き回って、様子がおかしかったんだろ？」

言われてみると、確かにあの時のアクセルは変だった。

「そのことを野見山さんに伝えたら、あの場所を調べたいって言い出したのさ。ブリッツと徹底的に調べたら、一軒の家を待ち伏せするように動く軌跡が浮かび上がった」

「もしかして……」

「そう。コンビニ店員、井本悠馬の家だ」

都花沙は言葉を失う。

「強盗事件を起こす前に、沢崎は家の周りを執拗に探っている。会いたい人間が誰なのか、一目瞭然だ。逃走目的がはっきりした以上、狙いを定めて張り込んでたってわけさ」

逃げて行った先を追う〝後足の追及〟ではなく、来た経路をさかのぼる〝遡及的追及〟で動機を解明する。逆転の発想から野見山は真相にたどり着いていたということか。

「私、全然気づきませんでした。アクセルが同じ道をぐるぐる回っていたのは、臭いを見失っていたわけじゃなかったんですね。ハンドラーとして恥ずかしいです」

「いや、ここは落ち込むとこじゃない。さっきのは何だ、とんでもなくすごかったぞ。何事もなく逮捕できたのはアクセルとあんたのおかげだ」

桐谷の言葉に、都花沙は目をしばたたかせた。

「お手柄の相棒を褒めてやれ」

そう言って都花沙の肩を叩いた。

アクセルはいつの間にか側にいて、舌を出している。

「よく頑張ったね、本当にありがとう」

都花沙は思い切りアクセルを抱きしめる。

くうんという啼き声が、耳元で聞こえた。

5

野見山は秋穂に呼ばれて居間へ行く。

待ちきれないというように秋穂はリモコンの再生ボタンを押した。テレビ画面にニュースが流れ始める。

映っている偉そうな顔は、愛知県警の刑事部長だ。少年院からの脱走者が起こした強盗事件。非常線を張った捜査本部が見つけられない中、活躍したのは二頭の警察犬だった。殺人事件を未遂に終わらせることができたと評されている。

「うれしくて録画しておいたの。全国区のニュースよ」

新聞も広げて見せられたが、気恥ずかしくて生返事をする。沢崎の居場所を見つけだしたブリッツと野見山に刑事部長賞が送られた。

「あの子もすごいわ。初めての出動でいきなり有名人ね」

沢崎を確保した功労により、アクセルと都花沙も刑事部長賞を受けた。警察犬係の初出動で刑事部長賞は前例がないらしい。ベテラン犬と新人女性ハンドラー。見栄えがいいからか、野見山たちよりもカメラのフラッシュが多い。副賞は高級ビーフジャーキーだ。アクセルが口にくわえると、一斉にシャッターが切られる。

「いきなり注目されると、プレッシャーになるかもしれないぞ」

「あら、大丈夫よ。あの子なら」

根拠は語られなかったが秋穂は自信満々だ。

「今日、うちに来ることになっているでしょ。用が済んだら事務室にも寄るように伝えてちょうだい。都花沙ちゃんと一緒に食べようと思って、ケーキを用意してあるの」

茶飲み友達とでも思っているような口ぶりだ。まあ女同士、仲良くすればいい。

朝食を済ませて、野見山は犬舎へ向かう。

隅々まで清掃されており、若手たちが訓練に励んでいる。感心なことだ。しばらく様子を眺めながら、ゆっくりと煙草を吹かした。

あれから桐谷に聞いた。

沢崎は昔、不良グループのリーダー格だった井本に万引きをさせられていたという。手に入れた商品を換金して稼ぐ。つまり、万引きを介したかつあげだ。回数も一度や二度でない。拒絶すると殴られるので言われるがまま従っていたという。縁が切れた後も、沢崎は万引きをするようになってしまったそうだ。

ある日、少年院でテレビを見ていたら、地域情報番組で万引き防止を訴える井本の姿が映ったという。自分がしてきたことを忘れ、さも正義の味方の好青年のようにふるまっていることが、はらわたが煮えくりかえるほど悔しかったらしい。降ってわいたような脱走の機会に、我を忘れて暴走したようだ。

井本は要領のいい人間だったようで、あっさりと不良から足を洗い、沢崎のことは記憶から消し去っていた。奴にとっては便利なコマの一つでしかなかったのだろう。

沢崎は犯した罪を責められて当然だが、それだけで済ますことのできない苦いものが残る事件だった。

やがて駐車場に一台の車がやってくる。岡本都花沙だ。

「おはようございます」

「時の人にしては、浮かない顔だな」

声を掛けると、都花沙は苦笑いした。

「私とアクセルは、たまたま最後に目立っただけですから」

確かにそうかもしれないが、あの高さを飛んだアクセルの勇気には感服する。飛べと命じる人間の方には無謀さしか感じないが。まあ、似た者同士のペアなのだろう。

「アクセルの足は本当に何ともないのか」

「ええ。でも長年の疲労が蓄積しているから、無理はさせないようにって。獣医さんに注意を受けました」

老犬に鞭打つなということだ。獣医でなくても誰でもそう言うだろう。

「アクセルを大事にしてやれ」

「はい、もちろんです。新しい仔犬を育て始めても、アクセルとはいいパートナーでいたいですから」

そうか、と野見山はうなずく。

二人で向かったのは犬舎の片隅だった。シェパードの仔犬たちが、じゃれあって遊んでいる。都花沙はその場にしゃがみこみ、しばらくの間、真剣に見ていた。

「気に入った犬がいるか」

「この子がいいです」

即答すると、真っ黒な仔犬を抱き上げる。

「前からずっと気になっていて。要するに、一目惚れってやつです」

「そいつはやめておけ」

「わかってます。秋穂さんにも警察犬には向いてないって言われましたから。でも私、この子を育ててみたい。もう名前だって決めてあるんです」

えらく先走ったものだ。適性のない犬に苦労するのは目に見えているが、それもまた経験ということか。

「何ていう名前だ？」

大して関心もなく聞くと、都花沙はにんまりする。

「それはですね」

もったいぶって間を空けてから、大きく息を吸い込む。

「レニー」

返事をするかのように、黒い仔犬がワンと啼く。その瞬間、野見山は大きく目を開けた。何だと……。

耳を疑わずにはいられなかった。

レニー。

それは唯一無二の警察犬の名前。本当なら華々しくその名を遺したはずなのに、自分のせいで無念のリタイヤを余儀なくされた。ブリッツの祖先だ。

「いいでしょう？　野見山さん」

「……あ、ああ」

「やった」

都花沙は両手を上げて飛び上がる。

どうしてその名を思いついたのか。呆気にとられる野見山をよそに、都花沙は仔犬を抱き上げる。

「レニー、よろしくね」

そう言うと、都花沙は仔犬の濡れた鼻に自分の鼻をくっつけた。

# 第四章　ほじくり返す

## 1

色づく並木道を、自転車で駆け抜けていく。

いつもなら仕事の疲れが抜けずに、休日はだらだら過ごしているうちに終わってしまう。それなのに今日は早くに目が覚めた。

景子も羽を伸ばしてきたらと言っていたし、たまにはお出かけしなきゃもったいない。向かう先は池の見えるドッグカフェで、インスタでも人気だという。ドッグカフェなんて初めてだから楽しみだ。

方向音痴なので何度もナビで確認しながら、ようやく辿り着く。すっかりお腹がぺこぺこだ。速度を緩めて自転車を停める。

ここかあ。思わず笑みがこぼれる。木で組まれた看板は、よく見ると犬の形をしている。小さな池に張り出すようにテラス席があった。

「いらっしゃいませ」

笑顔で店員が迎えてくれた。一番人気のモーニングセットを注文し、池に映りこむ紅葉を眺める。なんて素敵な休日だろう。

「はあい、いいよう」

「撮って。撮って」

客同士が愛犬の撮影に盛り上がっている。

犬用の食事メニューも充実しているようだ。こんなところにアクセルと一緒に来られたらいいのにな。思わず想像してしまった。

テラス席の奥にはドッグランがあるようだ。

朝食をきれいにたいらげてから、見学に行ってみる。

「わあ。すごい」

いろんな遊具があって犬の公園みたいだ。リードから放たれた犬が、のびのびと芝生を駆けていく。黒ラブにチワワ、コーギーに柴……いろんな犬がはしゃぎまわっている。

その中に異彩を放つ存在がいた。

「あの子、動きがキレッキレ」

都花沙の視線の先にいるのは一匹のフレンチブルドッグだ。

毛色は八割れの白と黒。愛嬌のある顔立ちと体格に似合わず、ヒュンヒュンと軽快な動きをしている。犬係の新人が偉そうに言わせてもらうと、あれはかなり訓練された犬に違いない。見とれていると、後ろから店員に声をかけられた。

「すごいですよね」

並んでいるたくさんのポールを、ボクサーのような動きで左右にすり抜けていく。板壁を連続でいくつも飛び越えると、シーソーを突破。トンネルも一気に駆け抜けた。

「うちの店によく来てくれる子なんですけど。あの動き、ただ者じゃないなって」

「ですよねえ」

ハンドラー、いや飼い主も横で伴走している。迷彩柄のパーカーを羽織った男性だ。フードからこぼれた銀髪が風にたなびく。サングラスを取ると眉毛が八の字に下がっていて、意外にも年配の男性だった。

「かわいいワンちゃんですね」

都花沙(つかさ)が声をかけると、男性は白い歯を見せ、タオルで汗をぬぐった。還暦は優に超えているだろう。

「フレンチブルドッグって、トレーニング向きのイメージはなかったのにすごい動きですね。ひょっとして競技会とかで有名なアイドル犬ですか」

「はは、そんなんじゃないですよ」

足元のフレンチブルドッグは、つぶらなまなこを都花沙に向けてきた。

「この子、名前は何ていうんですか」

「ポアロです」

男性はこの店の常連客で、露木公作というらしい。

「よかったら、あなたもやってみますか」

露木はポアロのリードを都花沙に差し出した。

「え、いいんですか」

リードを受け取る。ポアロはいいよとばかりにワンと啼いた。

「じゃあ、せっかくだし。やってみようかな」

警察犬係の腕前を見せつけてみようか。

一瞬そう思ったが、考えが甘かった。大型犬のシェパードとは動きが全く違う。小さな体でちょこまかと引っ張られ、息が合わずに振り回されてしまう。リードを外して障害物に向かうが、タイミングが変になって都花沙が代わりに障害を飛び越えていた。最後は足が引っかかって前のめりに転倒。見ていた子どもたちが大笑いしている。

苦笑いでごまかそうとするが、逆向きになったポアロも笑っている。

立ち上がって見てもやっぱり変。フレンチブルドッグって、どうしてこう気が抜けたような顔なんだろう。都花沙はポアロを連れてテラスへ戻った。

「おつかれさま」

露木はサイダーをごちそうしてくれた。

「実際にやってみると難しいですね」

「いえいえ、初めてにしては大したものです」

ポアロはおいしそうに犬用のケーキを食べている。心地いい汗をかいたので、サイダーがおいしい。池にいる鯉に餌をやったり紅葉を眺めたりしながら、二人はしばらく話した。

「以前は平凡なサラリーマン生活だったんですよ。退職してからは犬中心生活ですね。ポアロと一緒にここによく来ています」

そう言いながら、露木はポアロを抱っこした。

「岡本さんでしたっけ。お仕事は何を？」

問われて都花沙は一瞬考える。正直に告げようか、どうしよう。

「公務員です」

結局、いつも通りの答えを返した。

「ワンちゃんは大好きなんですけど、一人暮らしだから飼えなくて」

「でも犬を飼ったことはあるでしょう。扱いがお上手ですよね」

そんなことないです、と苦笑いする。

「僕はいろんな犬を飼ったけど、今はフレンチブルドッグがかわいくてね。岡本さんは好きな犬種とかあるんですか」

「シェパードが好きです」

即答したら、露木は少し驚いた顔をした。

「僕もシェパードは好きですけど、若い娘さんにしては渋い趣味だなあ」

「祖母の家で飼ってた柴犬も好きですけどね」

誤魔化(ごまか)すように、散歩を嫌がる柴犬のストラップを見せた。

「いいですよね、犬は」

「はい」

犬好きというだけで、初めて会った人とも仲良くなれるのはいいことだ。そんなことをふと思った。その後もポアロとドッグランで遊ばせてもらった。

「今日はすごく楽しかったです。ありがとうございました」

「こちらこそ。じゃあ、また」

「はい。ポアロもまたね」

よしよしと最後に撫でてやった。またお店に来たら会えるだろうか。ポアロは露木に連れられて行く。

さてと私も行くか。

スマホで道順を確認して自転車に乗る。たまには実家に行ってみるか。急に顔を出したら、びっくりするだろうか。緩い坂道を下っていくと、頬に受ける風が心地よかった。

シェパードが好き。

そうなったのは警察犬係になるずっと前からだ。

あれは小学四年の秋だった。

下校すると、都花沙は学習机の横にランドセルを引っかけた。プリキュアの財布にお年玉を詰め込むと、靴を履く。

「都花沙ちゃん、どこか行くの？」

母の声だった。見つかってしまったか。

「学校にピアニカ、忘れたから」

「ついていこうか」

「一人でへーき」

「そう？　寄り道しないで早く戻ってね」

はいとも言わずに、玄関の扉を閉めた。

都花沙は通っている小学校の方へ足を向けた。ため池が見える。同じクラスの男子たちが遊んでいたので、帽子を深くかぶって足早に通過した。小さなお社の横に、ヘルメットをかぶったクマが入っちゃダメとバツのポーズをとる看板があった。

ごめんね、クマさん。

無視して立ち入り禁止の道に入っていく。山道で歩きにくいけれど、こっちの方が近い。小さな川を越え、お地蔵さんの前まで来たら、額に雨粒が当たった。

「雨だ」

急に降ってきた。駆け出すが、あっという間に土砂降りだ。傘を持ってないので、木の下で動けなくなってしまった。ハンカチを出して顔を拭き、広げてみる。

「あっ」

風にあおられてハンカチが飛ばされた。木の根っこ。引っかかっているハンカチに手を伸ばすが、あと少しのところで届かない。さらに伸ばそうとすると、足元がずるっと滑った。

体が一回転して空と地面が逆さになり、そのまま転げ落ちていく。

助けてと叫ぶ暇もなく、何かにぶつかって意識が消えた。

どれぐらい経っただろう。

凍えるような寒さで目を覚ました。大きな二つの木の根元にいるのに気付く。川が近くを流れていた。

びしょ濡れの体は芯まで冷え切っている。雨が石礫（いしつぶて）のように顔にあたって痛い。木の枝や葉っぱであちこち切ったようだ。

立ち上がろうとしたが、途端に力が抜けた。足首がぱんぱんに腫れている。この前、跳び箱から落ちて骨折した友達の足にそっくりだった。

「助けて！」

声を出すが、川音にかき消された。

「誰か、助けて！」

それから、どれくらい叫んでいただろう。

もう声を出す気力もない。悪い子だから罰が当たったのかな。

ごめんなさい。神さま、もうしませんから。助けてください……。

再び意識が遠くかすんでいく。こんなところで死んじゃうのかな。そう思ったとき、何かの臭いがした。

大きくて、ふかふかの毛で、そこに顔をうずめるのが都花沙は大好きだった。おばあちゃんちの犬の臭い。その子は死んでしまって、もう会えないの。そうか、お迎えに来てくれたのかもしれない。

でも、あれ……。

おばあちゃんちの犬は、もう少し小さかった。それにこんなに黒かったっけ？　息遣いが聞こえてくる。心臓の、とくんとくんも。温かくて、優しい。

あなたは誰？

うつろな目を向けると、その黒くて大きな犬は都花沙の頬を舐めた。

「大丈夫か！」

男の人の声がする。大人たちが集まってきたようだ。

「よくやったぞ！　レニー」

そうか、ワンちゃんの名前はレニー。この子が私を見つけてくれたんだ。

ありがとう、ありがとう……。

レニー。

その名前を忘れることはない。シェパードは私のヒーローだ。

小学四年の時、父が再婚した。自分の居場所がなくなってしまいそうで怖かった。新しいお母さんと仲良くしなきゃ。いい子じゃないと、お父さんに見捨てられてしまう。そう思って無理していたが、ある時突然、張りつめていた糸がぷつりと切れてしまった。

本当のお母さんのところへ行こう。

そこで一緒に暮らせばいい。そう決心して家を出たら、山道で足を滑らせて転落してしまったのだ。だが後で、新しい母がずぶぬれになりながら都花沙を探してくれていたことを知る。お母さんと呼べたのは、それからだったように思う。

途中でケーキ屋さんに寄ろう。大好物のシフォンケーキを買っていったら、母が喜ぶだろうな。

　都花沙はぐっとペダルを踏みこんだ。

2

　つかの間の休みは心身ともにリフレッシュできた。

　出勤すると、景子が犬たちの食事の支度を始めていた。おはようございます、と元気に挨拶した。

「何か明るいね。いいことあった？」

「ドッグカフェに行ってきたんです。ほら、みんなが言ってたじゃないですか。池のほとりにあるお店」

「ふうん。それだけじゃないでしょ、その顔は。さてはそこでいい出会いがあったとか」

「さあ、どうでしょう」

　半笑いでごまかす。いいご縁だったが、カフェで出会ったのは還暦を過ぎたおじいさんだ。

「よかったわ。彼氏に振られてから随分経つでしょう。犬とどっちが大事なのかって聞かれて即答できなかったって」

「その話はもう、いいんですってば」

異動してひと月くらいの頃だった。アクセルとの訓練に夢中になるあまり、デートをすっぽかしたのだ。苦労してようやくできた彼氏だったのに、この先、出会いはないかもしれない。だがどこか切迫感がない自分に驚いている。

「休みの日くらい、犬のことは忘れた方がいいわよ」

「はあ」

カフェに連れてきてやりたいとアクセルに思いをはせ、ドッグランを本気で走り回ってきたなんて言えるわけがない。リフレッシュした気持ちが早くもしぼみつつあった。

「森さんこそ、お休みの日は何しているんですか」

「私？　愛犬とドッグヨガよ」

都花沙と似たり寄ったりではないか。犬たちに食事を与えているうちに出動要請があり、景子はモーガンとともに出かけていった。

訓練と犬の世話に追われながら、その日も暮れていった。

警察犬係も三交替制なので、今日はまだまだ帰れない。夜中の出動がないといいな。そう思いながらあくびをしていると、案の定という感じで声がかかった。

「出動要請だ」

係長の土屋だった。

「何の事件なんですか」

「行方不明者の捜索だよ。認知症の女性が行方不明になったらしい」

「またですか。最近、特に多いですね」

暑くも寒くもない気候のせいか、外へ出歩きやすいのかもしれない。

「モーガンは出動から帰ったばかりか」

ええ、と景子はすまなそうな顔をした。

「ダンテは別件で出動しているし。アクセルはいけるか」

「もちろん、行けます」

都花沙は毅然とそう答える。昼間の訓練は絶好調だったし、食欲も排便もばっちりだ。

十歳の誕生日を前に、まだまだやれるところを見せてやりたい。

「よし、頼んだ」

都花沙は、はいと大きく返事した。


行方不明者のアパートがあるのは、市内の住宅地だった。

景子とともに車に乗り込む。

「それにしても警察犬の仕事って、お年寄りの捜索ばかりですよね」

シートベルトを締めながらため息をつくと、景子にため息のお返しをされた。

「岡本さん。行方不明者がお年寄りの場合と子どものとき、傾向として初動に差があるのには気づいていたかしら」

「何となくですけど、お年寄りは遅くて子どもは早いような気がします」、

「その理由がわかる？」

「ええと、子どもがいなくなったら大人がパニックになるので、比較的早く通報されるってことですかね」

都花沙は答えた。過去の体験が思い起こされる。

「その通り。一方で、お年寄りの場合は身内の恥って意識があるのよね。散々探し回った後で通報するから、初動が遅れてしまうことが多い」

確かに何度も行方不明になって周りに迷惑をかけていたら肩身が狭いだろう。すぐに見つかるかもしれないし、通報していいものか迷うのは仕方がない。

「私ね、初めて出動したときのことが忘れられないの。行方不明になったお爺さんをモーガンは頑張って見つけ出してくれたんだけど、その時はもう……」

都花沙は、はっとしてつばを飲み込んだ。

「もっと早く出動できていれば、お爺さんはきっと助かっていた」

助手席の景子は真っすぐ前を見つめていた。

「気を引き締めましょう」

「はい」

自分の甘さを見透かされていたようだ。出動に少し慣れてきたせいもある。初心を忘れちゃいけないなと、都花沙は反省した。

「現場に着く前に確認ね。行方が分からなくなっているのは佐野和子(さのかずこ)さん、八十四歳。娘さんと二人暮らしだそうよ」

市内でも中心地に近く、高速道路がすぐ近くを通っている場所のようだ。目撃者がいるかもしれないが、交通事故に巻き込まれる心配もある。

「一か月前も警察犬のお世話になっている。そのときは嘱託犬だったみたいね」

ぱたんと景子は資料を閉じた。その時に見つけ出したのは、野見山なのだろうか。

午後十一時三十四分、目的地に到着した。地元の警察官が表にいて、アパートの部屋まで案内してくれた。

「すみません。母がご迷惑をおかけして。娘の由美(ゆみ)です」

憔悴しきった顔の女性がいる。歳は六十過ぎだろうか。

「パートから帰ったら母がいなくて……気が動転して辺りを探し回っていたんです」

「由美さん、通報者はあなたですか」

「あたしよ」

後ろの方にいた年配の女性が、待ち構えていたように前へ出てきた。

「回覧板を持ってきたら玄関のドアが開いていたの。おかしいなって覗いてみたら誰もいなくって。しばらく待ったけど何かあるといけないでしょ、警察に通報したってわけ」

年配の女性はどうだと言わんばかりの顔だ。午後九時過ぎのことだという。ということは娘の由美はすぐに通報しなかったということだ。またこのパターンか。そう思ったが、口には出さないでおいた。

「由美さん、あなたも不用心にもほどがあるわ。何度もおばあちゃんがいなくなっているわけだし、もっと危機意識をもたないと」

お隣の女性に責められて、由美は下を向いてしまった。

「申し訳ありません」

「私なんてね、警察に通報する前に、知り合いの警察犬まで出動させちゃったのよ」

「えっ」

都花沙と景子の声が重なった。

これってありなんですか？　アイコンタクトで問いかけるが、景子も引きつった顔で首をかしげている。こんな話は聞いたことがないが、どうやら既に嘱託犬が探しているらしい。お隣の女性は得意げに続けた。

「うちの息子が家出した時も見つけてもらったのよ。嘱託犬っていうんでしょ？　民間の警察犬のこと。その人のことを信用してないってわけじゃないけど、今回は警察にも通報したのよ。まあ、お宅らの方が専門家でしょうから」

「はあ」

都花沙は苦笑いで応じる。直轄と嘱託、どちらも専門家なのだが上下関係があるという認識のようだ。それにしても嘱託犬を個人的に依頼して問題ないのだろうか。

「岡本さん。行くわよ」

「あ、はい」

よくわからないが、今は一刻を争う事態だ。細かいことを考えている場合ではない。由美もお願いしますと頭を下げた。

さてと、都花沙は車のハッチを開けてアクセルを降ろす。

「よろしく頼むね」

由美から借りた寝間着の臭いを嗅がせた。もう十分だ。そう言いたげに、アクセルは横を向く。

「サガセ」

行方不明者の捜索が始まった。

アクセルは地面に鼻をつけて嗅いでいる。しばらく辺りをくるくると回っていたが、やがてぐいぐいと力強く手綱を引き始めた。

大通りへ出るのかと思いきや、脇道に入って歩道橋の上を行く。八十代の女性にしては意外な道のりだったが、それがかえってアクセルの正しさを証明しているようだ。

「行けそうね」

景子が後ろでつぶやく。

アクセルの足どりはリズムを刻むように軽快だ。これまで何度か出動しているからだいたいわかる。こういう時は調子がいい。

お隣の女性の剣幕に押され、小さくなっていた由美の姿が思い出される。彼女自身も若くはないのに、二人暮らしで年老いた母親の面倒を見るのは大変だろう。早く見つけて安心させてあげたい。

アクセル、頼んだよ。

相棒の揺れる尻尾を見ながら、都花沙は祈るような気持ちで足を動かし続ける。

「あれ」

顔を上げると、雨粒が当たった。

天気予報では雨が降るなんて言っていなかったのに。粒が大きいなと思っていると、一気に降り出した。

「まずいわね」

景子が悔しそうに言った。アクセルは頑張って臭いを嗅ごうとしているが、地面に水たまりができていく。臭いが流されてしまい、警察犬による捜索は困難だ。くうんと鼻を鳴らしながら、濡れそぼった顔で都花沙を見上げる。

「アクセル、仕方ないよ。臭いがなくなっちゃったんだもの」

お前は一生懸命やってくれたよ、と雨ガッパをかけてやった。こうなった以上、警察犬係としては役目が果たせないまま任務終了だ。悔しいが、他の警察官たちに任せるしかない。

景子が携帯で話している。

「本当ですか」

明るい声が響いた。通話を続けながら、都花沙の方を見てオッケーサインを送ってくる。話し終わると、景子は安堵の笑みを漏らした。

「佐野和子さんが見つかったそうよ」

「そうですか」

「例の嘱託犬のお手柄みたい」

お隣さんの知り合いか。早く探し始めてくれてよかったとしか言いようがない。保護されたのは、ここからそれほど離れていないところだという。

「でもよかったわ。誰が見つけても、和子さんが無事だったなら」

「本当にそうですね」

ほっとした思いでアクセルを車に乗せてやる。お疲れさまと声をかけると、ワン、と返事をしてくれた。

発見現場も近いし、このまま高速道路に沿って車を走らせる。マンションや飲食店が立ち並ぶ中、おんぼろの一軒家が周囲に抵抗するように建っていた。瓦のはげた平屋建て。その表札には佐野とある。

「森さん、ここって佐野さんのお宅でしょうか」

「ええ。以前は和子さんが一人で暮らしていたらしいわ。心配した娘の由美さんがお母さんをアパートに引き取ったって話よ」

「和子さん、元のおうちに帰りたくなっちゃったんですかね」

玄関でチャイムを鳴らすと警察官が出てきた。

「おや。ご家族がいらっしゃったかと思ったら、警察犬係の方々でしたか」

どうやら由美よりも先に到着したようだ。どうぞと家の中へ案内される。

「この家の周りを私も探していたんですが、どうにも見つけられませんで。さすが警察犬は違いますな」

「和子さんは？」

「あちらにいらっしゃいますよ」

見ると、小柄なおばあさんが炬燵に入っていた。警察官は小さな声で耳打ちした。

「この家はもうすぐ取り壊されるそうです。和子さんはよくわかっていないようですが……。土地を売って生活の足しにするみたいですね」

曲がった背中が寂しそうに見えた。片づけが進んでいるようで閑散としている。炬燵の他は、すぐ横の台所に食器棚と古い冷蔵庫や炊飯器があるくらいだ。

「あれ……」

床に何か落ちている。ピルケースのようだ。細かく仕切られた蓋に曜日が記され、中に錠剤が入っている。

「認知症のお薬でしょうな。後で娘さんに渡しておきますよ」

「お願いします」

ふと勝手口を見ると、磨りガラスに人影が映っていた。もしかして嘱託犬のハンドラーだろうか。窓をそっと開けてみる。野見山かと一瞬思ったが、背丈は記憶にある彼よりだいぶ小さかった。かがんで、犬に水を飲ませているようだ。

視線に気づいたのか。そのハンドラーが振り返ったとき、都花沙は大きく目を開ける。

こんなことって……。

「岡本さん、帰るわよ。どうしたの？」

景子が肩を叩くが身動きできない。呆気に取られているのは、知った顔だったからだ。

鋭いまなざしが帽子の下からのぞいていた。

やっぱりそうだ、あのときの……。

「露木さん」

ドッグカフェで仲良くなった老人だ。なぜだか厳しい顔をしている。

「ここに、どうして君が」

格好を見れば警察だとすぐわかるだろう。都花沙は頭を下げた。

「あっ」

都花沙はもう一度驚く。露木の足元で水を飲んでいたのは、シェパードでもラブラドールでもない。

そこにいたのは、ポアロというフレンチブルドッグだった。

3

犬の啼き声で目を覚ますのが日常になってしまった。

野見山は寝ぼけたまま外に出ると、犬舎へ向かう。やかましいのはボーダーコリーだ。秋穂が愛護センターから引き取ってきた犬なので、怯えて吠えまくるのは仕方がない。最初は他の犬たちも新入りにつられて一時的に吠えるようになってしまったが、今では彼だけがやかましい。

散歩に連れて行ってやろうかと思ったら、ボーダーコリーは静かに眠っていた。こいつじゃないのか。また啼き声がするので訓練場を見ると、車椅子の秋穂がいた。介助犬を従えてボールを投げている。

「こんなに早くから何をやってるんだ？」

「ああ、見つかっちゃった。内緒で訓練してたのに」

柴犬が興奮気味にボールを拾いに行っている。多頭飼育崩壊の現場から救い出された保護犬だ。最初のうちは誰も寄せ付けず、ご飯を食べさせるのにも苦労した。

「この子も警察犬になれないかなと思って」

「無理だな」

秋穂はしかめ面になったが、構わず続ける。

「警察犬にはシェパードが一番だ。それに訓練を始めるには年齢的にも遅い」

「わかってるけど、そんなにばっさりやらなくてもいいじゃない」

柴犬はボールをくわえてくると秋穂に渡した。ほう、短期間であの暴れん坊がここまでになったのか。見込みはあるかもしれない。手を伸ばすと震えて秋穂の後ろに隠れた。

野見山のことはまだ怖いのだろう。

「セラピー犬なら、いけるかもな」

もっと人間に慣れたらの話だが。

「そうかあ、そうよね。この子は傷ついていた分、弱っている人の気持ちがわかる子だわ。セラピー犬がいいかもしれない」

秋穂は柴犬の頭を撫でた。褒められて、彼も嬉しそうにくうんと啼いた。

「でもね、この子のことは別として、柴犬だって警察犬にはいいと思うのよ」

「広報担当のアイドル犬だったらな」

「そうじゃなくって。小型犬の方が捜査に向いているときもあるわ。シェパードだと難しいような狭くて足場の悪いところも小さい子なら行けるでしょう。こっそり捜査したいときだって、シェパードは目立って仕方ないじゃない」

最近は小型犬が警察犬になれる門戸が開いている。特に災害救助には、小型の方が小回りが利くという利点もあるだろう。可能性を追うことは、悪くはない。

「こないだも露木さんのところのポアロが表彰されていたわよ。フレンチブルドッグは珍しいけど、どんな犬種でも訓練次第なのかしらね」

ポアロのハンドラー、露木とは競技会で何度か会っている。うちの訓練所に仔犬を見に来たこともあった。

「露木さん、よかったわね。表彰されて自信がついたかもしれない」

「そうだな。あの人は実力はあるんだが、実戦で活かしきれないというか」

フレンチブルドッグを訓練していると聞いたときには、趣味に転向したのかと思ったくらいだ。

「それより、もうすぐね」

秋穂は犬舎の方を指差す。

「来週、都花沙ちゃんに引き渡すんでしょ？　確かにレニーとそっくりよね。あなたが執着するのも無理はないわ」

警察犬係の新人、岡本都花沙があの仔犬を選ぶとは思わなかった。黒が多めの毛色や雰囲気が似ているとは思っていた。

「それにしても、どうしてあの名前なんだ？」

都花沙は迷いなくこの仔犬にレニーと名付けた。犬の名前など星の数ほどあるだろうに、こんな偶然があるのだろうか。

「本人に聞いてみればいいじゃない」

深刻な問題じゃないわと秋穂は笑った。まあ、その通りだ。

「朝ご飯にしましょうか」

「ああ」

秋穂の車椅子を押してやる。介助犬が一緒に行くぞと柴犬を連れてきてくれたのが、何ともほほえましかった。午前中は仔犬のしつけ教室がある。予約がいっぱいなので、忙しい一日になりそうだ。

自宅で朝食を済ませ、再び犬舎に向かう。若手たちによる清掃は完璧だ。そう思って、訓練場へ出ると、見知ったひげ面がブリッツと転げまわっていた。呆れて見ていると、こちらに気づいてやってくる。

「お久しぶりです」

桐谷だった。

「三年ぶりですかね」

「……三日ぶりだ」

面倒くさいが突っ込んでおく。

「刑事はそんなに暇なのか」

「そんなわけないじゃないですか。今日だって張り込み明けだし、最後に布団で寝たのはいつだったかなって」

「犬と遊ぶ時間で睡眠を取ればいいだろう」

「いや、犬との時間も大事っていうか」

そう言ってブリッツの顔をわしわしと撫でた。そんなに好きならずっと警察犬係でいられたらよかったのにな。桐谷を見ていると、そう思わずにはいられない。一緒に訓練していたのが遠い昔になってしまった。

野見山が去った後も、桐谷は見込みどおりハンドラーとして頭角を現していった。だが警察では異動があるのが常だ。警察犬係でも例外は認められず、せっかく育ったハンドラーが一人失われることになる。自分が長いことハンドラーをやってこられたのは、警察を辞めたからだ。

「それにしたってお前さんが刑事だなんて。今でもおかしな気がするな」

「はは、自分でもそう思いますよ」

警察犬係で目立って推薦を受けたのだろうが、本人にもその気がないと狭き門は突破できない。桐谷が何を思って刑事になったのかは不明だ。

「そういえば最近、県立図書館で爆破予告騒ぎがありましたよね。ニュースになってたのを野見山さんも見ましたか」

「ああ。利用者が避難したけど特に何も起きなかったっていう。警備犬も出動したそうだが、何かわかったのか」

桐谷はふうとため息をつく。

「調査してますけど、よくわかんないんですよね」

こういうニュースがあるたびに思い出す。あの時のことを。愛犬と捜索中、秋穂は事件に巻き込まれた。地下鉄構内に設置された爆弾が爆発。死者こそ出なかったが、重軽傷者三十一名という大惨事だった。

まあ爆破予告のいたずらなんて珍しいことではないし、今度の事件はあの事件とは無関係だと思う。

「それでお前の用事は何なんだ。犬と遊びに来ただけってことはないだろう」

「そういやそうだった。このまま帰っちまうところでしたよ」

上司に叱られるところだったと桐谷は笑う。

「ポアロのことです」

「露木のところの警察犬か」

「はい。少し気になることがあるのでね」

どうしたというのだろう。意味ありげだ。いつものようにご協力お願いしますよ、と言って桐谷は去っていった。

4

いつの間にか、外は真っ暗だった。

秋も深まり、夜は随分と冷え込むようになった。このまま出動要請もなく、朝まで過ぎていってほしい。淡い期待を抱きながら、都花沙はカップ麵に湯を注ぐ。

「おつかれ」

景子がやってきた。

「あ、おつかれさまです」

いい匂いね、と景子も隣に座ってコンビニの袋を取り出した。カップ麺にコンビニおにぎり。どちらも似たような侘しい夕食だ。犬たちの方がよっぽど栄養バランスがいいだろう。

スマホを見ると、ＬＩＮＥが来ていた。

「誰？　もしかして男の人とか」

「そんなとこです」

「なあに、その思わせぶりな顔。ちょっと見せなさい」

抵抗したが景子にスマホを奪われた。画面を見て、がっかりしたように顔が曇る。

「露木さんじゃないの」

「お友達になったんです。カフェで出会ったよしみですし。また今度、ドッグランで遊ぼうって言ってくださったんです。あまり目立つことはできないけどって」

表彰されるポアロの写真が好評で、取材の申し込みが殺到したと聞いた。露木は目立つことが苦手なので全て断ったそうだが、あんなに小さくてかわいいフレンチブルドッグが活躍したのだから注目を浴びてしまうのも無理はない。

露木のＬＩＮＥに返事をするとスマホをしまう。彼が警察犬のハンドラーだとは思いもしなかったが、それ以上に現場で遭遇するとは考えもしない。仕事中はゆっくり話せないので、今度カフェで会えるのが楽しみだ。

犬たちが寝静まる中、書類を作成する。交替で仮眠をとり、朝日を浴びながら犬舎の清掃をした。今日は運がいい。アクセルを出動させることなく引継ぎを済ませることができて、都花沙はほっとする。面倒な事案で引き留められる前にと、さっさと着替えた。さて、帰ろう。

自転車にまたがったときに、後ろから声がした。

「すみません、いいですか」

声をかけてきたのは、眼鏡の男性だった。大きなカメラを背中に担いでいる。

「犬係の方ですよね」

にこにこしながら近づいてくる。

「私、フリーのライターなんです。警察犬に興味があって調べていましてね。ちょっとお聞きしたいことがあるんですよ」

名刺を渡された。稲山将太(いねやましょうた)とある。フリーのライター? 早く帰りたいのに何だろう。

「フレンチブルドッグのポアロのことです」

「あ、ああ」

「私はポアロが警察犬になる試験を受けているときから注目してたんですよ。フレンチブルドッグは珍しいし、かわいいですからね。是非とも取材をさせてもらいたいとお願いしたんですが、どうしても受けてもらえないんですよ」

だからこっちに流れてきたというわけか。納得した。

「直轄犬も出動していたそうですね。もしかしてあなたがその時のハンドラーとか」

稲山という男の問いに、都花沙は何とも言えない表情を返す。

「こういうの、困るんですけど。勝手なことはしゃべれないので」

「そんなことおっしゃらずに少しでいいんです。お時間ください。直轄犬は行方不明のおばあさんを見つけられなかったのに、ポアロは見つけることができたんですよね」

「それは、雨が降ってきたから臭いが消えてしまって仕方なかったんです」

アクセルの名誉のために短く語った。だが稲山は首を傾げた。

「でもね、ちょっと疑問なんですよ。優秀なシェパードが捜索を断念する状況で、フレンチブルドッグが見つけ出せるなんて。警察を通しての出動ではなく私的に単独で捜索しているのもおかしいでしょう」

確かにそれは言えるかもしれない。

「ポアロは短い距離の追跡ならそれなりに優秀ですが、長い距離は集中力も体力も続かない。もともとフレンチブルドッグは警察犬には不向きです。軍用犬だったシェパードのようにはいかない」

まくしたてるように稲山は言った。

「ポアロが自力で見つけ出せるか、私には疑問なんですよ」

都花沙は眉をひそめるが、稲山のまなざしは真剣そのものだ。

「おばあさんが元々住んでいた家のことを知って、そこへ探しに行ったら運よく見つけただけかもしれません。そんなの犬がいなくてもできることです」

どうしてそんな歪んだ見方ができるのか。都花沙は黙っていられなくなった。

「警察もあの家へ探しに行ったけど見つけられなかったんです。行方不明者だって動き回るからタイミングってものがあるし、人探しはそんなに簡単じゃないんですよ」

稲山は首を横に振った。

「もう一つ、気になる目撃情報があるんです」

「目撃情報？」

「はい。近所の方が偶然見ていたそうです。フレンチブルドッグを連れた男の人が、あの古い家に入っていくところを。午後十一時より少し前だったそうです」

「午後十一時よりも前、ですか」

「そうです。保護されたのは零時過ぎだったでしょう。それより一時間以上も前に見つけているのに、露木さんはどうして警察に連絡しなかったんでしょうね」

心臓がとくんとくんと鳴っている。その証言が本当なら、確かにおかしい。これはどういうことなのだ。

「露木さんはすぐに佐野さんを見つけたけど時間をおいて、ポアロが臭いをたどった末に発見したように見せかけたのではないですか」

「そんな馬鹿な！」

　都花沙は大声を出す。

「露木さんに限って、そんなことするはずないです」

「だといいですけれど。私は真実がわかるまでほじくり返しますよ」

　稲山はそう言い残して、ジープで去っていった。


　休日の朝、都花沙は自転車を走らせていた。

　あやしげなライターから聞いた話が、ずっと頭から離れなかった。

　降ってわいた露木への疑い。まさかと思うが、考えれば考えるほどおかしな気持ちになる。露木とのＬＩＮＥのやり取りも、必要最小限でぎこちないものになった。

　約束の時間よりも随分と早く、都花沙はドッグカフェに到着した。

　まだ来てないかと思ったが、テラス席に見知った姿があった。ポアロを膝に乗せて池を眺めている。フレンチブルドッグと老人のコンビだが、警察犬とハンドラーだとは他の客は思いもしないだろう。

「ああ、岡本さん。お早いですね」

　こちらに気づいて微笑んだ。都花沙は頭を下げて、隣の椅子に腰かける。

「露木さんこそ、随分と早いじゃないですか」

「年を取ると朝が早くていけませんね。暗いうちから起きちゃうんですよ。店が開く前に、池の周りを何周もしてしまいました」

二人はモーニングセットを注文する。

「警察犬係だってこと、内緒にしていてすみませんでした」

「そんな、気にしないでください。私だって同じですから」

遊びたいとじたばたし始めたポアロを、露木はテラスに下ろしてやる。

「こいつが警察犬だってこと、なんとなく言えなかったんです」

ドッグランでのポアロの動きはただ者ではないと思ったが、納得だ。フレンチブルドッグの警察犬なんて、今まで知らなかった。露木は目立つことがよっぽど苦手なのだろう。彼があのライターの言うようにポアロの手柄を自作自演するなんて想像できない。

「露木さんは、どうして警察犬を育て始めたんですか。サラリーマンだったんでしょう？」

何気なく尋ねると、露木は笑った。

「深い意味はないんですよ。犬好きが高じてとでも言いますか……トレーニングを見よう見まねでやっているうちに目標が欲しくなって、ふと競技大会に出てみようかなって」

最初に飼い始めたのはシェパードだったという。

「せっかく出場するなら、いい成績をとりたいじゃないですか。負けず嫌いなもので―

生懸命練習して、何とか嘱託犬の試験に合格できたんです」

「でもサラリーマンと掛け持ちだったら、出動要請に応じるのは難しかったでしょう」

露木は大きくうなずく。

「そうなんです。せっかく警察犬になれたのに人の役に立つことができない。だからといって会社を辞めたら食っていけないし。ストレスでした」

うんうんと都花沙はうなずいた。会社勤めで夜間や平日の出動は無理だろう。それに嘱託犬の報酬は数千円だと聞く。野見山のところのような訓練所でも、しつけ教室やペットホテルなどのサイドビジネスをやってようやく経営が成り立っている。

「定年退職してからは、こっちの仕事に専念できるようになりましてね。妻には申し訳ないが、好きにさせてもらっていますよ」

「そうだったんですか」

「でもね、身の程はわかっているつもりです。私はハンドラーとしてはちっとも優秀ではない。気持ちだけは負けないつもりですけどね」

「そんな……。ポアロ、すごかったじゃないですか」

「あれは本当に、たまたまです」

たまたま、という言葉の裏に何か隠れているような気がした。

「露木さん……佐野和子さんを見つけた時ってどんな感じだったんですか」

「どんな、と言いますと？」

聞かれて都花沙は考えこむ。我ながら言葉を濁した質問だ。

「ええとですね。実はあの日、露木さんとポアロが和子さんの古い家に入っていくのを見たって話を聞いたんです。十一時前だったっていうから、報告までにタイムラグがありますよね。どうしてかなあと思って」

ポアロの手柄を自作自演したのかなんて、直球で聞けるはずもない。ライターのことは伏せつつ尋ねてみると、露木の顔が曇った。両手を組んで下を向く。ひょっとして自作自演は本当なのか。都花沙の内心とは裏腹に、ポアロは無邪気に足元で走り回っている。リードが引っ張られて椅子がぐらついたとき、露木は顔を上げた。

「それはただの見間違いじゃないのかな」

「そっか。そうですよね」

相槌を打つが、まだ少し引っかかる。

「もう一つ、聞いてもいいですか。今回の追跡はかなり距離があったと思うんですけど、ちっちゃいポアロが臭いを嗅ぎながらよく見つけ出したなって。シェパードだったらわかるんです。フレンチブルドッグでも、こんなにやれるもんなんですかね」

「まあ、普通は無理でしょう」

露木はポアロを抱き上げた。

「ですがそれでは警察犬は務まらないと、私は毎日、ポアロと一緒に猛特訓したんです。これ、都花沙さんにお見せしようと持ってきたんですが」

露木は一冊のノートを広げる。ポアロとの訓練の様子が細かく書かれている。成果と課題、気づいた点など、都花沙の勉強になるようなことばかりだ。足跡追及の距離が伸びていく過程も克明に記されている。

「証明したかったんです。小さい犬だってやればできるんだって。集中力も長く続くようになったし、あれよりもっと長い距離だって追跡できる自信があります。こいつは見た目より体力もあるんですよ」

まるで息子を自慢するようだった。都花沙にもアクセルという相棒がいるから、その気持ちはよくわかる。

「ポアロが和子さんを無事に発見できたのは、長年されてきた努力の賜物(たまもの)ですね」

いえ、と露木は嬉しそうに照れ笑いをする。

「私も頑張らなきゃな」

「都花沙さんはこれからでしょう。若い人がうらやましいですよ」

それからしばらくノートを見せてもらいながら話をした。警察犬係のハンドラーとは経験年数がまるで違うので、ためになることばかりだ。食後はドッグランで遊び、前よりポアロと息が合っていると褒めてもらった。

いつの間にか、心のわだかまりが消えている。あんなライターの言うことなど、どうして真に受けてしまったのか。そうだ。露木がおかしなことなどするはずがない。

「お互いに頑張りましょう」

「そうですね」

都花沙はその差し出された手を握る。よかった。露木に会ってすっきりした。

「では、また」

ポアロに手を振り、店の外へ出る。自転車の鍵をポケットから取り出したとき、駐車場に見知ったバンがやってきた。豊田警察犬訓練所というロゴが入っている。もう一台、車が停まった。

ひげ面の男が一人、降りてくる。桐谷だ。えっと声を上げる間もなく、前を通り過ぎていく。都花沙が私服だから気づかなかったのだろう。店の入口にいる露木に近づいていった。

「少しお話、いいですか」

声を掛けられた露木は、ポアロを抱きながら桐谷を見つめた。

「何だというんです?」

「失踪事件の真相について」

「…………」

どういうことなんだ。ほじくり返しますと言っていた稲山の言葉がふっと浮かぶ。だが仮にポアロの捜査で不正があったとしても、これは警察が動くことなのか。都花沙はわけがわからないまま、桐谷の車を見送っていた。

5

サイドブレーキを戻そうとしたとき、横の窓をたたく音がした。

開けてください。

声は聞こえないが、口がそう言っている。都花沙だった。やれやれという思いで、野見山は窓を開けた。

「野見山さん、何でここにいるんですか」

「決まっている。出動要請を受けたからだ」

都花沙の方こそなぜ露木と同じ店にいるのか謎だが、そんなことはどうでもいい。

「今、桐谷刑事が露木さんを連れていきましたよね。何があったんですか。どうして野見山さんが出動なんですか」

速射砲のような質問攻めに、野見山は眉をひそめた。

「悪いが急ぐんだ。あいつら先に行ってしまったからな」

行き先のナビは入力してあるが、悠長に話しこんでいる時間はない。

「もう行くぞ」

エンジンのボタンに手を伸ばす。

「待って、私も連れてってください」

都花沙は有無も言わさず後ろの荷台を開ける。自転車を折りたたむやいなや、ブリッツのケージの横に押し込んだ。呆気に取られているうちに、助手席へ乗り込んでくる。何て新人だ。ため息をつきながら、野見山は車を出す。

「私、露木さんとはお友達なんです。さっきまでポアロと一緒に遊んでいましたから」

ミラーに映る不機嫌そうな顔を見ながら、野見山はカーラジオから流れるローカルニュースを聞いていた。

「露木さんが連れていかれたのってどうしてなんです？ ポアロの捜査に問題があったら週刊誌は騒ぐでしょう。でもこんなのって警察が動くことなんですか」

「実際に動いているから仕方ない」

「答えになってません」

都花沙は腕を組んで口を尖らせていた。まあ、静かにしてくれるのはありがたい。目的地で何をするか見れば、わざわざ説明しなくてもすぐにわかるだろう。

やがて目的地に着いた。桐谷の車を見つけて隣に停める。

大きなマンションに挟まれるように、古ぼけた小さな一軒家が建っていた。佐野という表札がある。

玄関前にポアロを抱いた露木がいた。都花沙が不思議そうな顔で降りていく。桐谷がこちらに気づくが、その視線は野見山を通過して後ろに向けられる。

「どうして犬係の新人がここに。どこで拾ってきたんですか、野見山さん」

「拾うつもりはなかったんだが、勝手にくっついてきてしまったんだ」

弁明すると、都花沙は威勢よく前に出てきた。

「人を犬か猫みたいに言わないでもらえますか。私はあのお店で露木さんと一緒にいたんです。急に連れていかれるのを見て、ほうっておけなかったんです」

「やっぱり君っておもしろいよね。まあいいよ、見物人が一人くらいいても」

桐谷は愉快そうに笑った。

室内はがらんとしていた。古い冷蔵庫や炊飯器など、生活に最低限必要なものがあるだけで、ぜいたく品は皆無。居間に炬燵が置かれているのが目立った。

「では露木さん、始めましょうか」

はいとうなずく露木の顔は、心なしか曇って見えた。

「確認させてください。露木さんがポアロとこの家にたどり着いたのは何時ごろでしたか」

「零時くらいだったと記憶しています」

「玄関の鍵はどうでした？」

「開いていました。ポアロが家に向かって吠えるので、中にいるのかと思って扉に触ると開いたんです」

露木は説明しながら、その時の様子を再現していく。

「呼び鈴を鳴らすが誰も出ませんでした。ポアロに導かれるまま家へ入っていくと、中に和子さんがいたんです」

「和子さんを見つけた時、彼女はどんな様子でしたか」

「炬燵に入って、うとうとしていましたよ。声をかけてもすぐには起きなくて」

見つけたと連絡し、警察がやってきたという。そこからは都花沙もその場にいた。桐谷はメモを取る手を止める。

「露木さん。この家を探したのはその時だけですか。和子さんを見つける前にも探しにきたということは？」

「ありません」

「おかしいですね。ご近所に住まれている方が、午後十一時くらいにあなたを見たと言っているんです。ポアロによく似たフレンチブルドッグを連れて玄関から入っていくところだったそうですよ」

「そう言われましても……」

　露木は苦笑いを浮かべた。

「和子さんを発見したという通報は零時五分。ですがあなたはそれよりも一時間近く前にここで目撃されている。どうして時間差があるんでしょう」

「人違いじゃないんですか」

　そう言って、露木は両手を広げた。

「それとも私が時計を読み間違えていたか。すぐに通報したつもりが、手間取っていたのかもしれませんし」

「手間取るって、一時間もかかるんですか」

　執拗な問いに、露木はさすがにむっとした顔だった。

「来た時刻は本当に零時くらいだったんですか」

「桐谷さん、しつこいですよ。そんなこと言われたって……」

　前のめりになる都花沙の肩を野見山はつかむ。首を左右に振った。口を挟まず、黙ってやり取りを見ていればいい。

　露木は感情を抑えるように、ふうと大きく息を吐き出す。

「刑事さん、こんなことはもうやめましょう。あなたは私がポアロを使って不正をしたと言いたいんですよね？　別の方法で和子さんを見つけておいてポアロが見つけたことにしたと。でもね、不正は絶対にありません」

露木はしっかりと桐谷を見据える。

「誓って言います。ポアロは実力で和子さんを見つけたんです」

犬のように澄んだ瞳が桐谷を射抜いていた。桐谷はその瞳を黙って見つめていたが、やがて口元を緩めた。

「露木さん、誤解していますね」

「誤解？」

「ええ、私はポアロを疑ったことは一度もありません」

思わぬ答えだったようで、露木は顔をしかめた。

「刑事さん、だったらこの茶番は何です？」

「最初に言ったでしょう。知りたいのはこの事件の真相だと。ここであの日、何があったのか知りたいだけです」

桐谷は露木との距離を一歩、詰めた。

「露木さん。あなたは全部、知っているんじゃありませんか？　あなたがポアロに導かれて和子さんを見つけたのは、十一時頃。そのときここで何があったのか」

「………」

桐谷の視線がこちらに向けられた。

「野見山さん、頼みます」

ようやく出番のようだな。野見山は家の外へ出ると、ブリッツを連れて戻ってくる。

「これは和子さんの靴下です」

桐谷が差し出す靴下を、野見山はピンセットでつまみ、ブリッツに嗅がせた。

「サガセ」

臭いを覚えたブリッツは、炬燵の前でワンと吠える。さらに台所へ向かったかと思うと、炊飯器のコードを引き抜いて口にくわえてきた。このコードに和子の臭いが残っているということだ。

意味が分からないという顔で、都花沙が桐谷の方を見た。

「和子さんは長年、弁当の宅配サービスを受けていたそうです。自炊は無理なのに、このコードに触る理由がまったくない。それなのにこのコードに和子さんの臭いが残っているのは不自然です。露木さん、そう思いませんか」

露木は視線を落とした。腕に抱いたポアロがふんふんと甘えたように鼻を鳴らしている。

痛ましげな顔で、桐谷は野見山からコードを受け取る。

「露木さん、あなたは十一時頃にここに来た。そして見たんです。誰かがこのコードで和子さんの首を絞めようとしているところを」

「えっ」

都花沙が声を上げた。うつむいていたが、露木の目は大きく開かれている。野見山はリードを握りながら、その様子をじっと見つめていた。

どうやら当たりだな。

黙り込んだ露木に、桐谷が話しかける。

「もうおわかりですよね。私がこの失踪事件をほじくり返すのは、ポアロの捜査がどうこうだからじゃない。この事件が殺人未遂事件だからです」

「…………」

「和子さんを殺そうとしたのは、和子さんの娘、由美さんですよね」

「何を言っているんだ？　そんなわけない」

露木は否定した。だが桐谷はひるまない。むしろ確信したように、小さな透明のケースを取り出して振った。からからと音がする。

「これね、そこの台所に落ちていたんですよ。気づかなかったですか」

「あ、それって私が拾った？」

都花沙が口を挟むと、桐谷はうなずく。

「ピルケースです。最初は和子さんが落としたものだと思いました。でも違いました。このピルケースは由美さんのものだったんです」

「だから何だ？」

露木は初めて語気を荒らげた。

「薬が落ちていたから何だ。コードに和子さんの臭いが残っていたからなんだ。由美さんが殺そうとしたっていう証拠にならない」

露木はきつく桐谷をにらんだ。

「もういいです、露木さん」

振り返ると、玄関口に誰かがいた。

「由美さん」

姿を見せたのは、佐野由美だった。ここへ呼ばれたと言っていた。

「私は母を殺して無理心中しようとしました。もうこれ以上、隠し立てはできません。露木さん、本当に申し訳ありませんでした」

由美は深く頭を下げた。横で都花沙が呆然と突っ立っている。露木は何も言わず、天井を見上げた。

桐谷がピルケースを差し出すと、由美は震える手でそれを受け取った。

「介護に疲れてしまったのですね」

桐谷の問いかけに、力なく由美はうなずく。

「母の認知症がひどいのは前からでしたが、最近わかったんです。私も認知症が始まっていることが……その薬も認知症の薬です」

由美は涙ぐんでいた。そして堰を切ったようにすべてを話していく。

「あの日、パートから帰った私は母がいなくなっているのに気づきました」

探し回ったあげく、以前住んでいたこの家で見つけたという。

「いつもならほっとして連れて帰るんです。でもあの時は……」

自分も認知症であることが判明し、仕事も迷惑をかけてばかりで辞めることになってしまったそうだ。家を売り払うと決めたのも何もわからない母親をだましているようで、全てが絶望的に思えたという。

「気が付くと私は、あのコードを母の首に巻き付けていたんです。でも露木さんに止められて……」

由美の言葉が切れたところで、露木は崩れ落ちた。

静寂があって、ようやく露木も話し出す。

彼にも病気の妻がいるので介護の大変さは多少わかったという。一人で全部背負ってしまうと精神がもたない。介護サービスの手を借りつつ、ポアロとの時間をもつことで何とかやってるようなものだったらしい。大変でしょう、よく頑張っていますね。そう言うと、由美は泣き崩れたという。

「これが事件のすべてです」

通報までの空白の理由が明らかになった。

後ろから女性警察官が、由美の肩をそっとたたく。彼女は露木に頭を下げてから背を向けた。それを見て、桐谷が長く息を吐く。

「露木さん、署に同行願えますか」

「はい」

露木は立ち上がるが、すぐに足を止めた。振り返ると、くうんと小さくポアロが啼いている。ごめんと言いながら、露木は目がしらに手を当てた。

「野見山さん、ブリッツ、ご苦労様です」

桐谷が頭を下げて出て行く。連れていかれる露木の背中を、野見山はじっと見ていた。気づくと、都花沙が涙ぐんでいる。

「何でお前さんが泣くんだ」

「だって」

ぐずぐずと鼻をすすって子どものようだ。

「真実を隠しても、ほじくり返されるだけだ」

都花沙はまだ泣いていた。露木は悪人じゃない。だがどんな事情があろうと殺人未遂を見逃すことはできない。

帰ろう、ブリッツ。

相棒に声をかけると、都花沙とともに外の車へ向かった。

※

数日後、都花沙は豊田警察犬訓練所に向かっていた。

いまだに例の事件が脳裏にこびりついている。今となってはポアロの活躍を自作自演したのではと露木を疑ったのが恥ずかしくてたまらない。

無理心中の未遂。よくあるお年寄りの捜索の末に、こんなことが起きるとは想像もつかなかった。もし自分が露木の立場だったらどうしただろう。隠れた真実を全てほじくり返すことは正しいのだろうか。よくわからない。

駐車場に着くと、車を降りた。

「さて、行きますか」

今日は大事な日だ。気持ちを明るく切り替えよう。

グラウンドでは訓練が行われ、ラブラドールレトリバーが小箱の臭いを嗅いでいる。爆発物探知犬の訓練のようだ。顔なじみになったハンドラーたちに挨拶しながら犬舎へ向かうと、待っていたようで野見山が立っていた。

「おはようございます。先日はどうも」

「ああ」

不愛想だがこの前も寮まで送ってくれた。一方的かもしれないが、いつの間にか野見山に親しみを感じている。じゃれている仔犬の中から黒い一頭を抱き上げると、都花沙の前に差し出す。

「前も言ったが、こいつは臆病な性格だ。警察犬には向かない」

「承知の上です」

手を伸ばして、都花沙は仔犬を受け取る。

「犬には適性ってものがある。向かない仕事をやらせてはストレスになるだろう。周りに迷惑をかけるかもしれない。お前さんも苦労するはずだ」

珍しく野見山がおしゃべりだ。もしかして、この子を手放したくないのかな。

「それでもいいんです。野見山さん、この子を私にください」

「ああ、わかっている」

野見山は渋い顔で言葉を切る。

「どういうわけか、あんたにはよくなついている。だから……」

手綱を渡された。

「どうか大事にしてやって欲しい」

「はい！」

大きな声で返事をする。仔犬を抱きしめ、ふわふわの毛にほおずりした。野見山に笑顔はないが、認めてくれたのだろう。

「レニー、今日からよろしくね」

都花沙は仔犬をケージに入れて、車を出した。

バックミラーに映る野見山がどこかさみしげに映る。まるで花嫁の父だ。

ふうと大きく息を吐き出してハンドルを回す。急にブレーキを踏んだりしたら、びっくりするだろう。ケージに入れられて不安だろうから、慎重に運転しなくては。後ろから聞こえてくる仔犬の啼き声と、かたかたと動く音が愛おしい。

アクセルの訓練と並行して、レニーを警察犬として育てていく。生後六か月から一年くらいは基本となる服従訓練だ。一から任されるのは初めてだから楽しみで仕方ない。また楽しみというだけではない。秋穂は盲導犬にしたいと言っていたのに、無理を言って譲り受けたのだ。それに見あった責任がある。一応、こちらにも考えはあるのだ。

訓練所につくと、ハッチを開ける。

ケージの中の仔犬が、キャンと啼いた。

「新しいお家だよ。レニー、一緒に行こうね」

声を掛けながら、そっと出してやる。地面に下ろして体を起こすと、離れたところに男の人の姿があった。

「こんにちは」

近づいてきて、ようやくわかった。以前会ったフリーライター、稲山だ。

稲山は今日は何しに来たのだろう。取材の許可は、ちゃんと取っているのだろうか。

思えば露木への疑いの発端は彼だった。すっかり惑わされてしまった自分も悪いが、うさん臭く感じて身構えてしまう。

「いやあ、思わぬ真相が隠れていましたね」

「ポアロは不正なんてしていなかったですけど」

皮肉を込めたが、稲山は悪びれもせず笑った。

「その仔犬、レニーっていうんですね。警察犬の候補生ですか」

はい、と都花沙はうなずいた。

「抱っこしていいですか」

仕方ない。大サービスだとレニーを触らせてやった。写真撮影は困ると言うと、わかっていますと稲山は笑った。

「仔犬と言っても大きいですね」

抱きかかえられたレニーは最初はおとなしくしていたが、やがてじたばたすると稲山の手を逃れて、都花沙の後ろでくうんと啼いた。

「すごい力だ」

稲山は尻もちをつき、苦笑いしている。

「すみません、大丈夫ですか」

稲山は立ち上がり、お尻のあたりをぱんぱんと払った。

「そういえば、昔のことを思い出しました」

「昔、ですか」

「ええ。今から二十年ほど前、レニー号という警察犬がいたんです。とても活躍していた名犬なんですよ。野見山俊二というハンドラーが、その犬の担当でした」

都花沙は大きく目を開ける。私を助けてくれた、あの犬のことだ。一緒に来てくれた人は野見山だったのか。

都花沙が動揺していることに気づかないまま、稲山は付け加える。

「レニー号の最後は不本意だったでしょうがね」

どういうこと？　尋ねる前に、ふと思い当たる。臭気選別で不正をして、野見山は警察を辞めた。その時の警察犬がレニーだったのなら、不本意と言われても無理はない。

野見山、秋穂……彼らの過去に何があったのか。

そう思ったとき、レニーが二つ折の財布を咥えてきた。さっき稲山が落としたもののようだ。拾い上げると、レニーのつばが付いていた。

あれ？　どういうことだろう。

はみ出た免許証を見つめながら、都花沙は目を瞬(しばた)かせた。

「ああ、それ僕のです」

稲山が気づいて振り返る。都花沙は慌てて、財布についたつばを袖口でぬぐう。

「すみません。汚くしちゃって」

「いえ、拾ってくれてありがとう。それでは、また」

頭を下げて、稲山は去っていく。よくわからない人だ。いろいろと詳しすぎる気もするが、ライターとはそういうものなのだろうか。

一つだけ、気になったことがある。

さっき財布を拾ったとき、免許証がちらと見えた。顔写真は稲山のものだったが、名前が違っていたのだ。

手嶋尚也。

免許証には、そう書かれていた。

# 第五章　闇夜に吠ゆ

## 1

出動要請を受け、野見山はハッチを開けた。

ケージの扉を開くと、ブリッツが軽やかに飛び乗った。うららかな春の日、野見山は現場へ車を走らせる。行方不明者の捜索という一番よくある事案だ。

何度こうして、出動してきただろう。

精魂込めて育てた犬が活躍すると、自分の存在価値を認められたようで心地いい。大会に出場して栄誉を得るのも同様だ。だが心の奥底にはもっと貪欲な欲求がある。復讐心にどこか似ているだろうか。

ブリッツを乗せた車は田舎道を走っていく。田園風景の中にぽつんと修理工場が建っている。空き地に廃車が何台も積み上げられているその少し先に、立派な日本家屋が見えた。

　上杉という表札の前に、パトカーが停まっている。

「野見山さん、ご苦労さんです」

　地域課の警察官だ。これまでも何度か一緒に捜索している。

「すみませんね。遠くまで来ていただいて」

「いえ、雨が降ってくる前に見つけられたらいいのですが」

　カーラジオで聞いた天気予報では、ところにより一時雨と言っていた。臭いが流されてしまえば、さすがにまずい。

　後ろのハッチを開けて、ブリッツを降ろした。

「行方不明者は上杉靖史（うえすぎやすし）さん、四十一歳。この近くにある自動車修理会社の社長さんだそうです」

　上杉靖史は独身で一人暮らし。社長の所在がわからないことに気づいたのは、彼が経営する自動車修理会社の事務員だという。

「社長が連絡もなしに朝から出社しないなんて初めてなんです。電話をいくらかけても電波が届かない場所みたいで。自宅まで様子を見に来たら、社長の車はあるのに不在なんですよ。何かあったのかなって心配で」

　捜索願を出すまでの経緯を説明してくれた。

「上杉さんのご家族は？」

「弟さんが一人います」

宏高という名前で、同じ会社の従業員だそうだ。十人足らずの少ない人数で修理工場を回しているため、今も勤務中だという。

「ここだけの話、弟さんは私が大騒ぎしているのに楽観的といいますか、ふらっと旅に出ただけかもしれないから放っておいたらって言うんですよ。社長はそんな感じの人じゃないのに。結局私が押し切って警察に届けちゃったんですけどね」

昨日はいつも通りに勤務し、変わった様子はなかったという。

「上杉靖史さんの臭いが付いたものはありますか」

「はい、お借りしておきました」

差し出されたのはビニール袋に入れられた靴下だった。原臭としては十分すぎるほどの異臭がする。顔をしかめないように気を付けながら、ブリッツの鼻先へ持っていく。

「どうかお願いします。社長を見つけてください」

事務員はブリッツに向かって深々と頭を下げた。

「サガセ」

野見山の声符にすぐさま反応する。辺りを嗅ぎまわり、臭いを発見したようだ。野見山たちはブリッツに導かれるまま歩いていく。自宅の前の道沿いを進んでいくと、駐車場にたどり着く。

「ここも上杉さんの会社の土地だそうです」

付き添いの警察官が説明してくれる。湿り気のある風に混じって、ガソリンやゴム製品の臭いを感じる。犬の鼻を邪魔しないか心配したが、ブリッツは鼻を地面にこすりつけるように動き続けている。

「こっちに向かったようだな」

外壁に沿うようにしばらく歩くと、ガレージがあって、何台か自動車が停まっているのが見える。ブリッツは顔を上げた。

「どうした、ブリッツ」

原臭をもう一度嗅がせるが、ぐるりと嗅ぎまわって足を完全に止めてしまった。

「野見山さん？」

警察官がこちらを見ている。ため息混じりに野見山は首を横に振った。

「ここで臭いが消えている」

「えっ」

「自宅から歩いてここまで来た後、車に乗って移動したのかもしれない」

砂利が敷かれていて、タイヤの跡は残ってなさそうだ。

「上杉さんの車は家にありましたもんね。ここにある会社の車に乗っていったか、誰かがここまで迎えに来て一緒に出かけたってことでしょうか。どこへ向かったんでしょう」

「さあ、そこまでは」

ここから先は別の方法で探すしかない。ちょうど雨がぽつぽつと降り出してきたので、タイミングよく任務を終えることができた。

「野見山さん、お疲れ様でした。後は我々で何とかします。ブリッツも、ありがとうな」

警察官がしゃがみ込んで頭を撫でた。

「私も犬を飼っていましてね。ちっとも言うことを聞かなくて困っているんですよ。散歩に行っても、最後は抱っこして無理矢理連れ帰るんです」

「はは。うちはしつけ教室もやってますよ。よかったら今度いらしてください」

野見山はブリッツのリードを手繰り寄せた。

「じゃあ、これで失礼します」

行方不明者が早く見つかればいいのだが。

雨が本降りになってきたので足早に車へ戻る。ブリッツは濡れた体をぶるんぶるんと震わせ、水しぶきを飛ばした。タオルで拭いてやってから車に乗せる。短い距離だったが、他の臭いが邪魔する中でよく頑張ってくれた。

野見山は頭からタオルをかぶると、運転席に乗り込む。エンジンをかけると、カーラジオからニュースが聞こえてきた。

この前起きた県立図書館の爆弾騒ぎの話題だ。

特に犯人についての新しい情報はない。例の事件とは無関係だとわかっているのに、どうしても心はざわめいてしまう。秋穂から自由を奪った爆弾犯は、今も不明だ。考えてはいけないとわかっているのに、法廷で見たあの顔が今も目に焼き付いている。

手嶋尚也。

まったく考えの読めない顔だった。だが、そう感じたのは犯人だと思い込んでいたからなのだろうか。ずっと心の奥底に、一つの疑問が沈殿している。

レニーはあの時、本当に間違えたのだろうか。

二日ほどが過ぎた。

ブリッツの散歩を終えて事務所へ戻った。小腹が減ったので何かつまむものはないか。そう思って台所をのぞくと、秋穂が朝の連続ドラマを見ていた。若いころはまったく見なかったのに、最近はこれを見ないと落ち着かないらしい。訓練は若手に任せているので、所長は気楽なものだ。野見山はコーヒーを二人分淹れると後ろから差し出した。

「ありがとう」

微笑むとカップを口につける。視線は画面に注がれたままだ。

大して興味もなく一緒にドラマを見ていると、携帯に着信があった。桐谷からだ。

「はい、もしもし」

飛びつくように通話に出る。

「どうしたんだ？」

「先日、野見山さんに出動していただいた件ですが。自動車修理業の社長がいなくなったっていう」

ああと答える。爆弾騒ぎのことではなかった。

「上杉靖史さんだったか」

「はい。まだ行方がわからないんですが、ちょっと面倒なことになってきましてね。近くの山中で燃やされた車が見つかったんですよ。どうやら上杉さんの会社の車だそうで」

会社の車が一台なくなっていることに気づいたのは事務員だったという。車のナンバープレートは燃えてしまっていたが、残骸の形状から会社の車だと特定できたようだ。

「実は燃え残った座席のシートに血痕が見つかったんです」

最後まで言われなくても声の感じで想像はついた。

「上杉靖史さんのものでした。ＤＮＡ型鑑定で一致したので間違いないかと」

「つまり、殺された可能性があるってことだな」

「はい。燃えあとにはご遺体らしきものはありませんでしたが」

臭いが途絶えたあの場所で拉致されて、殺された後に遺棄……。そんなシナリオが頭をよぎる。

「野見山さんには臭気選別をお願いしたいんです。燃やされた車の付近に足跡が見つかったんですよ。鑑定にも回しましたが、臭いも残存してるでしょうから」

「犯人の目星がついているのか」

「会社の車って時点で近しい人間がヤバくないですか？　もちろん従業員から顧客、近所の人まで関係者は全部洗いましたよ。でもやっぱり怪しいのは上杉さんの弟です」

「弟？　宏高とかいうやつか」

「はい。だいぶ年が離れていますので、あまり兄弟という感じではなく、仲は良くなかったそうです」

殺人事件の大半は親族間で起きている。捜索願を出すのも渋っていたそうだし、弟という線は悪くはないだろう。まあ、捜査においてバイアスは最大の敵だ。公正に臭気選別を行うことだけを考えればいい。

「俺がやっていいのか」

「野見山さんとブリッツがいいんです。今からそっちに行きますよ」

やれやれ。警察犬係の面目丸つぶれだな。しかも過去に臭気選別で問題を起こしたハンドラーに重要事件を任せるとは……。

「それともう一つ……」

言いかけて、桐谷は途中で止まった。

「どうした？」

「いえ、どうでもいいことです。それより臭気選別、お願いしますよ」

通話は切れた。

秋穂が不思議そうに見つめてきた。

「今の電話、仕事の要請よね。なんで嬉しそうな顔なの？」

「いや、別に」

さて準備をしに行くか。野見山は犬舎へ入ると、ブリッツの檻の前に立つ。

「また面倒な仕事だが、いいか」

ブリッツは任せろとばかりに小さく吠えた。

グラウンドに選別台の準備が出来上がった。

野見山はブリッツを出す。腕を組んで待っていると警察の車がやってきた。運転席から桐谷が降りてくる。

「すみませんね」

「いや、いつものことだ」

「やはり信頼できるのは実績のあるベテラン犬ですから」

桐谷は両ひざに手を当てて、ブリッツと目を合わせた。ひげ面が緩みまくっている。

「こき使って悪いな、今日もよろしく頼むよ」

ブリッツは尻尾をちぎれんばかりに振って喜んでいる。よく懐いているものだ。桐谷がしょっちゅう戯れに来ているのがばれてしまいかねない。

「行くか、相棒」

リードを引っ張りながら声をかける。歩き出したとき、ふいに違和感を覚えた。

どうした？

ブリッツの前にしゃがんで顔をのぞきこむ。食欲はいつも通りだった。排便も問題ない。だがどこか表情が暗く感じられるし、呼吸が少し早いだろうか。はっきりとどこが不調とは言えないが、何となく伝わってくる。何か異変があると。

ここまで準備したのだから押し通すか。いや、挑むべきではない。自分にとって臭気選別は特別なものだ。桐谷のためにも万が一があってはいけない。

「……桐谷」

「はい？」

「悪いが、ブリッツは今日はよくない」

「えっ」

野見山は立ち上がると、すまんと桐谷に頭を下げる。

「臭気選別は他の犬を頼んでくれ」

「元気そうだけどな。どうしても無理ですか」

「ああ。問題なくこなせるとは思うが、それでもやめた方がいい」

「野見山さんがそう言うんなら……」

桐谷は口に手を当てつつ、どうしたものかと考え込んでいた。中止だなんて想定外だろう。だがこの感覚を無視して、ブリッツに臭気選別をさせることはできない。

遠い日のレニーの顔が浮かぶ。臭気選別だけでは決定的な証拠にならないとはいえ、場合によっては無実の者を罪に問うことになりかねない。これはハンドラーとしての責任だ。人間の都合で押し通してはいけない。

「警察犬係にも臭気選別が得意な犬はいるだろう。モーガンかアクセルはどうだ」

あの二頭なら十分に役割を果たせるはず。そう付け加えた。不満げな他の刑事たちを制するように、桐谷は微笑んだ。

「ハンドラーは職人みたいなもんですからね。言葉じゃ説明できない感覚って、俺もよく知ってますから」

すぐに代役の手配を始めた。

「でも臭気選別は最後まで見届けてくださいよ。専門家の目は多い方がいいんで」

「ああ、わかった」

　野見山は時計を見る。代役が到着するまで少し時間があるだろう。

　ブリッツを犬舎へ戻し、ブラッシングをしてやりながら体の様子をみる。はっきりとどこが悪いとは言えないが、後で念のために医者へ連れて行こう。

　そうこうしているうちに駐車場にバンがやってきた。

「ああ、野見山さん。ご無沙汰してます」

　都花沙だった。

　モーガンの担当者である森景子が一緒にいるが、犬を連れているのは都花沙の方だ。ハンドラーの経験不足は否めないが、アクセルは桐谷が育てた優秀な犬だ。いざとなれば元担当の桐谷もいることだし、ブリッツの代役としては適任だろう。

「選別台の用意は済ませてある。刑事たちを呼んでくるから、そこで待ってろ」

「わかりました。お願いします」

　アクセルを連れて都花沙たちが歩いていく。もう一度、ブリッツの顔を見てから犬舎の扉を閉めた。

　グラウンドの砂を巻き上げるようにつむじ風が吹く。

　視界の端を、一人の男が通り過ぎていった。

　なに？

　動きがスローモーションのように見え、野見山はしばらく固まっていた。眼鏡をかけたその男は、駐車場の方へと消えていった。

車のエンジン音とともに、時間が解凍された。

「今の男は？」

通りかかった若い訓練士に聞く。

「ああ、フリーライターの人ですよ。警察犬の取材に来てて。おもしろい人でしたよ」

見せてもらった名刺には、稲山将太とあった。ただの見間違いだとわかり、野見山は長く息を吐く。だがよく似ていたのだ。二十年近く前に法廷で対峙したあの男の顔に。

手嶋尚也。

よみがえった記憶を振り払うように、野見山は大きく首を横に振った。

2

選別台の前で、都花沙はアクセルとともに待機していた。

行方不明になっている自動車修理会社社長、上杉靖史が殺された可能性がある。犯人のものと思われる足跡が見つかったので、その臭いで選別するのだと聞いている。

「岡本さん、いつもどおりやればいいからね。変に力が入るとアクセルにも伝わるわよ」

「はい。上杉社長の弟、宏高の臭いと一致するかどうか。それを確かめるのが目的ですよね」

「そうだけど……やっぱりどこか力が入っているのよね。無心になりなさい。決めつけはだめよ、ほらリラックス」

景子に肩を揉まれた。緊張しているつもりはないのだが、リードを握る手のひらが汗をかいている。モーガンが出動帰りじゃなかったらよかったのにと恨めしく思った。

「アクセル、頼んだよ」

抱きついて犬の臭いを胸いっぱいに吸い込むと、少し平常心が戻ってきた。

「何やってんだ」

声が聞こえ、顔を上げる。桐谷が呆れたような顔で立っていた。

「臭気選別、よろしくな」

「はい」

「まあ、アクセルならうまくやれるさ。気楽に頑張って」

気楽にという言葉とは裏腹に、所轄署や捜査一課の刑事たちがぞろぞろと姿を見せた。誰もが桐谷に負けない強面だったが、野見山ともう一人だけ、雰囲気の違う男がいる。

「僕は兄を殺してませんよ」

上杉靖史の弟、宏高だ。思ったよりも若く、都花沙と同年代に見える。兄とは年が離れているそうだ。

「信じてください。僕はやってません」

呪文のように繰り返しているが、刑事たちは何も言わずにそっぽを向いている。桐谷が目で合図をしてきた。役者はそろったようだ。

先入観は捨てて、臭気選別を正確にこなすことだけを考えよう。大丈夫、アクセルと一緒なんだから。初めに予備選別を行ってアクセルは三回とも正解した。調子はばっちりだ。

さて本番といこう。都花沙は深呼吸してから、ピンセットでつまんだ白い布を宏高に差し出す。

「この布を両手で揉んでもらえますか」

宏高は震える手で布をしわくちゃにした。

「もういいですよ」

それを景子がピンセットで受け取る。選別台に設置する布は全部で五枚。一枚だけが宏高の臭いが付いた対照布で、それ以外が誘惑布。補助者の景子が設置するのを見ないように、都花沙は選別台に背を向ける。記録のため、動画撮影も行われるようだ。

「岡本さん、準備オッケーよ」

景子の声に振り返り、ビニール袋に入った白い布を受け取る。足跡から採った原臭だ。アクセルはビニール袋に鼻を突っ込み、臭いを嗅ぐ。

「サガセ」

都花沙の声符を受けて、アクセルは軽快な足どりで選別台へ向かう。すべての布を嗅ぎ終わった後、右から二つ目の布を持ってきた。景子の口からは結果がまだ明かされない。

「設置場所を変えて、あと二回やります」

都花沙はさっきと同じようにアクセルに原臭を嗅がせた。まるで子どものお使いだとでも言いたげに、アクセルは迷うことなく布を選んで持ってくる。三度目の選別でアクセルは何も口にくわえなかった。宏高はほっとした表情を浮かべたが、本選別にはゼロ回答を一回入れるというルールを彼は知らない。

記録用紙を見せながら、景子は結果を告げた。

「一回目、二回目ともに、選んだのは対照布。三回目はゼロ回答選別です」

アクセルの答えは、原臭と対照臭の一致。つまり、足跡は上杉宏高のもの……。

その場の視線が集まる中、宏高は大声を上げた。

「嘘だ！　わかってるんだ。お前らよってたかって俺をはめやがって」

醜い姿だった。野見山に体がぶつかり、乱暴に払いのける仕草をする。

「ふざけんな！　俺は帰るぞ」

「上杉さん、帰れませんよ」

回り込んで立ちふさがったのは桐谷だった。

「ざけんな、これは任意捜査なんだろ」

「ええ。ですからね、逮捕状を取ったんです」

桐谷は逮捕状を見せた。宏高は目と口を大きく開けている。

「どうしてだ。犬の臭気選別だけじゃ証拠にはならないって聞いたぞ」

「その通り。足跡鑑定の結果も出てるんですよ。身長、性別、歩幅、あなたの特徴と一致してるんで。履いてた靴は処分しちゃったのかな。だけどこれに臭気選別が加われば、こっちとしては安心ですから」

「…………」

宏高はうなだれる。逮捕という事実に接して、あれだけ叫んでいたのにしおらしくなった。引きずられるようにして連れていかれるのを見ながら、景子がつぶやく。

「随分と思い切ったわね」

「ええ。足跡鑑定だって不十分ですよね。他にも証拠が挙がっているんでしょうか」

話していると、後ろから声がした。

「いや、これから見つけるさ」

桐谷だった。

「ご遺体が見つかってない以上、あいつが否認し続ければ検事は及び腰になるかもしれない。だが必ず尻尾を見つけて逃しはしないさ」

　宏高のアリバイはないそうだし、身内同士の事件ならば捜査範囲はある程度絞れるだろう。燃やされた車から他にも何かわかるかもしれない。

「俺はアクセルを信じている。仔犬のときから手塩にかけて育てた犬だからな。臭気選別には絶対の自信があるんだよ」

　そう言って、アクセルを撫でた。

「アクセルだけじゃなく、犬係を絶対的に信じてるからな」

　大きく手を振って桐谷は去っていった。

　代わりにやって来たのは、野見山だった。

「臭気選別の様子は見ていた。たいしたものだ」

　彼に褒められるなんて、珍しいこともある。少しだけくさくさしていた気分が晴れていくように思える。

　さて、私たちも行こう。

「よく頑張ってくれたね、アクセル」

　思い切りアクセルを抱きしめてやる。

「あれ、岡本さん、どうかした？」

「あ、いえ」

どうしてだろう。都花沙を見つめるアクセルの目が一瞬、悲しそうに見えた。

それからしばらく日が流れた。

土屋が話しているのを小耳に挟んだが、上杉社長はまだ見つかっていないようだ。宏高は容疑を否認し、黙秘に徹しているらしい。

都花沙は犬たちの朝食の準備を始めた。一頭ずつドッグフードの量は違うが、仔犬の皿には牛乳と生卵を追加する。少し前までレニーには仔犬用を食べさせていたのだが、体も大きくなり成犬と同じメニューになった。

「アクセル。ごはんだよ」

おじいちゃん犬なのでドッグフードを柔らかくしてやる。量も少なめだ。

「あれ。今日は食欲ないのかな」

少し口をつけただけでそっぽを向いてしまった。さっきまでの訓練はいつも通りにこなしていたし、便秘もしてなかったみたいだけれど。お腹をマッサージしてやるが、退屈そうにあくびをしてごろんと横たわる。日差しが強かったので疲れたのだろうか。レニーの訓練が終わったら、獣医に相談してみよう。

「行ってくるね、アクセル。ゆっくり休憩しててね」

背中をそっと撫でると扉を閉めた。すぐ隣の檻にはレニーがいる。のぞくと、物足りなそうな顔で寝そべっていた。空っぽになった皿を、前足でちょいちょい触っている。

「レニーは食欲旺盛だなあ。まだまだ育ち盛りだもんね」

散歩へ連れていくと景子に告げ、都花沙はレニーと河川敷へ向かった。

向こう岸をジョギングの人が走っていくだけで、誰もいない。川沿いにある小さな公園までくると、都花沙はポケットからボールを取り出す。桐谷から受け継がれた秘密兵器だ。

「レニー、いくよ！」

都花沙が野球ボールを投げると、レニーは大はしゃぎで追いかけていった。

「よくできたねえ」

ボールを持ってきたら大げさに褒めてやる。もっと、もっと、遊んでと、尻尾を大きく振って飛びついてくる。元気がよすぎて、都花沙の方が押され気味だ。撫でてやったのもつかの間、ひらひらと横切るモンシロチョウに目を奪われ、夢中で追いかけていく。

「レニーったら。訓練するよ、こっちにおいで」

リードをつけ、一緒に歩かせる服従訓練を始めた。

「アトへ！」

思ったように歩いてくれず段々と声が大きくなる。だがそんなこと、どこ吹く風とばかりにレニーはじゃれてきた。

「苦労しているねえ」

背後から声がかかった。

「怒鳴っても犬にはわかんないよ。わかるように教えてやらなきゃ」

桐谷だった。待ち合わせをしていたので、そろそろ来る頃かと思っていた。

「お忙しいところ、すみません」

「いや、こっちはレニーに会えるから全然構わないんだけどさ」

そんなことよりも、と桐谷は顔をしかめる。

「リードを引くタイミングがずれまくってるんだよな。褒めるタイミングもだ。遊んでほしい、褒めてもらいたい。犬にとってはそれだけなんだよ。レニーが繰り返しやりたくなるように、叱るんじゃなくて頭を使うんだよ」

「はい……」

景子にも同じようなことを言われているが、実際にやろうとしてもうまくできないのだ。警察犬を一から育てるというのは本当に難しい。

「さて本題に入るか。例の訓練は順調か」

「ええ。こっちはなんとか」

都花沙は公園の遊具の中に、火薬の臭いの付いた布を隠す。まだ警察犬の試験に受かってもいないのにこんな訓練をしていいのかとも思うが、自分の希望で始めたことだ。

爆発物探知犬。

火薬の臭いで爆発物を発見するよう訓練された犬だ。警備犬が担うことが多いが、テロ対策で需要が高まっている。秋穂とエリスの話がきっかけで関心をもった。自分が育てる警察犬には爆発物探知も身につけさせたい。そう秋穂に言ったのが桐谷に伝わり、こうして特別に教わっている。

「レニーは足跡追及の時、鼻が高いだろう。地面に残存した臭いではなく浮遊臭を嗅ぎたがる。嘱託犬の大会では頭を上げたらアウトだが、実働では悪いことばかりじゃない」

「そうですかね」

犬係の間では、レニーの足跡追及は下手くそだと評されている。

レニーはマイペースに歩き出す。遊んでいるように見えたが、遊具の前で伏せをした。発見したという合図だ。

「すごい。ちゃんと当たってる」

できないことが多い中、これだけは不思議と得意だった。レニーを思いっきり褒めてやる。

「やっぱりな」

にやりと笑うと、桐谷は鼻の下をこする。

「爆発物探知は浮遊臭を嗅ぎ分ける。きっとレニーはそっちの方が得意なんだろう。できることをたくさん褒めて、才能を伸ばしてやるのが一番いい」

その後も何度か同じようにやってみるが、レニーは次々と発見していった。いっぱい褒めてやれるから、都花沙もレニーも楽しくて仕方ない。お互いの感覚を合わせるって、こういうことなんだろう。

「いい調子じゃないか。コツがつかめたら他の訓練もうまくやれるようになるだろう。まあ、ぼちぼち頑張れよ」

じゃあなと言って、桐谷は背を向けた。

警察犬には向いていないと言われていただけに、気分はよかった。レニーにはちゃんと才能があるんだ。そう思うと、これからの成長が楽しみでわくわくする。

レニーを犬舎に戻してタオルで汗をぬぐっていると、景子がやってきた。鑑識課の制服に身を包み、帽子のふちを軽くつまんでいる。

「森さん、出動ですか」

「ご遺体の捜索よ。一緒に来てくれる？」

「はい。すぐに支度します」

景子の相棒、モーガンは遺体臭捜索の特殊訓練を受けている。海外には専門の死体捜索犬というものも存在するそうだ。

詳しいことは車で説明すると言われ、慌てて景子についていった。

モーガンによる捜索が始まった。

探すよう指示された遺体というのは、自動車修理会社社長、上杉靖史のことだった。弟の宏高が逮捕されて一週間が過ぎた。自白は取れておらず、犯行を裏付ける決定的な証拠もまだ見つかっていない。

「サーチ」

生体と遺体では臭いが違うそうだ。景子の声符でモーガンは遺体臭捜索のスイッチが入る。

「足跡の臭いは消えてしまっても、ご遺体の臭気は簡単に消えないわ」

「状況的に、上杉社長が生きている可能性は低いってことですね」

「ええ」

ご遺体なんて口にしてしまうと、死んでいると決めつけるようで複雑だ。だがとにかく早く見つけなくてはならない。

モーガンは深い林に入っていく。燃えた車が見つかった場所の近くだ。キャンプ場の跡地なのか、バーベキュー用のかまどや小屋があった。ここで連日、捜査員や科捜研による捜索が行われている。ため池の水も全部抜いたが、手がかりになるようなものさえ発見できていないという。

もしも遺体を土中に埋めたなら痕跡がありそうなものだが。モーガンは丹念に臭いを嗅いでいくが、時間ばかりが経っていくだけで何も見つからない。範囲が広いので大変だが、モーガンは集中して任務に励んでくれた。都花沙はお疲れさまと声をかけて、モーガンに水を飲ませた。

「これだけ探しても駄目なら、この辺りじゃないのかもしれませんね」

景子は腰に手を当てて、ううんと伸ばす。

「そもそも土に埋めたとは限らないわ。燃やされた車が見つかった近辺ということで目星をつけているんでしょうけど。捜索範囲を絞れるような、自白なり目撃証言がほしいわ」

桐谷たち刑事もありとあらゆる手段で必死に追っているだろうが、警察犬係としては命じられたことしかできない。

「モーガンが回復したら、ため池の向こう側も探しましょうか」

「はい」

捜索は長く続いた。モーガンの疲労はとっくにピークを越えている。特定の臭いを辿るのとは違って、無限に広がる空気中から臭いを発見しようとするのは大変なことだ。ベテラン犬の強い責任感に感服するばかりだったが、日が暮れても遺体は見つからなかった。

「モーガン、よく頑張ってくれたわね。ありがとう」

たっぷりと褒めてやってから、車へ向かう。

アクセルの臭気選別の結果を見る限り、この失踪事件と上杉宏高が無関係であるわけがない。それなのに知らぬ存ぜぬでこのまま逃げ切れるとでも思っているのだろうか。何とか遺体が見つからないものかと思いつつ、都花沙はハンドルを握り締めた。助手席の景子は寝てはいないが静かに目をつむっている。少しでも休みをとって、再度の出動に備えているのだろう。

やがて車は訓練所に戻った。

駐車場に車を停めると、土屋が外へ出てきた。珍しいわねと景子がつぶやく。確かにこんなお出迎えは記憶にない。

「係長、お疲れ様です。今、戻りました」

都花沙が声をかけると、土屋は下唇を噛む。

「どうしたんですか、係長」

「落ち着いて聞け、岡本」

顔に生気がない。きっとこの顔、ただごとじゃない。

「……何か？」

「アクセルが、死んだ」

すぐに言葉が出なかった。

「はい？」

言っている意味がわからない。呆然としたまま犬舎へと歩いていく。アクセルの檻の中に、眠るように横たわるシェパードの姿があった。白衣を着た獣医が側にいる。都花沙たちに気づくと、悲しげな顔でこちらを見た。

「アクセル……」

目を閉じた顔はアクセルのものだ。都花沙はしゃがんで、その体に手を伸ばす。温もりがないことにはっとして、ようやく何が起きたのか理解した。

「仕方ない。あんたのせいじゃない」

胃捻転。それがアクセルの死因だという。健康な犬でも突然死を引き起こすことがあるそうだ。獣医の言葉は、どこか果てしなく遠くから聞こえてくるようだった。

届くはずのない叫びがこだまする。

冷たい、真っ白な空間で、都花沙は繰り返した。

お願いアクセル、目を覚まして。

3

灰色雲の下、捜索は続いていた。

野見山はブリッツのリードを握り締めていた。

大量に動員された捜査員たちが、土に検土杖(けんどじょう)を刺して調べている。警察犬も直轄、嘱託を問わず出動し、野見山も受け持ちのエリアを捜索していた。兄の社長殺しで逮捕された上杉宏高は、いまだに容疑を否認しているという。血痕がなければただの失踪事件で済まされていたかもしれない。

どこに隠しやがった。

肩口で汗をぬぐうと深呼吸する。小さな山といっても、隈なく臭いを嗅ぎまわっていくのだから果てしなく感じる。心配したが、ブリッツの体調に問題はなかった。いつもと変わらぬ粘り強さと集中力を発揮してくれている。

「少し休むか」

ブリッツに声をかけ、皿を出して水を飲ませた。野見山も地べたに座って喉を潤す。ふと気を抜くと、その隙間に入り込んでくる思考がある。この前、見かけた男のことだ。

稲山将太。

名刺には別人の名前が記されていたが、よく知る男にそっくりだった。二十年近く経っているのに、あの目が忘れられない。手嶋尚也。地下鉄爆破事件の犯人として逮捕された男だ。レニーの臭気選別が間違っていたかもしれないと気付くまでは、心の底から憎んでいた。他人の空似なのだろうが、こうして何度も脳裏にちらつくようになってしまった。

水を飲み終わったブリッツが、耳をピクリとさせてワンと啼く。

広葉樹の向こうから精悍な顔立ちのシェパードがやってくる。鑑識課のユニフォームも見えた。担当の森景子がリードを手にしている。そういえばモーガンもブリッツと同じく遺体捜索の訓練も受けている犬だった。

「どうだい、そっちは？」

「連日で捜索してますが駄目ですね」

彼女にあまりよく思われていないのは、野見山も自覚している。だが遺体を見つけ出すという使命は同じなのだ。

「車があったこの山を探すっていう方針自体、見直した方がいいんじゃないか」

「我々は上に従うのみですので」

「まあな」

これだけ探しても見つからないなら別の場所ではと考えるのが筋だろう。だが捜査本部の決定に異を唱えることはできない。他の候補もないのだろう。完全に手詰まりだ。

「ところで……アクセルが急死したらしいな」

「ご存じでしたか」

「桐谷刑事から聞いた。胃捻転だったんだろう。シェパードに多い病気だ」

臭気選別するのを見たのが最後だった。あの時、ブリッツの体調を気にしてアクセルに代役を務めてもらったが、こんなことになるなど思ってもみなかった。

「アクセルは亡くなる当日まで元気でした。ただ担当の岡本はさすがにショックが大きかったみたいで」

「まあ、当然だろうな」

電話口の桐谷もひどく落ち込んでいた。

「アクセルは初め、新人の岡本のことを全く相手にしなかったんですよ。苦労した挙句、ようやくペアとして活躍し始めたところだったのに」

「……そうか」

会話が途切れた。捜索中にいつまでも立ち話をしているわけにはいかない。では、と言って景子はモーガンと去っていった。

都花沙は深い喪失感を味わっているだろうが、警察犬のハンドラーである以上、遅かれ早かれ経験することだ。犬の寿命が人より短いのは仕方がない。今は若いブリッツもあっという間に年老いていく。

「俺たちも行くとしよう」

野見山は再び、捜索に戻った。

時間が流れ、日が落ちた。

この日も結局、上杉社長の遺体は発見されなかった。成果が上がらなくても、こちらは指示通りに捜索するだけだ。勤めを果たし、野見山はブリッツとともに家路につく。

檻にブリッツを戻すと、いつもより遅めの夕飯を食べさせる。食欲は旺盛のようだ。

明かりに気づいたのだろう、秋穂の車椅子の音が近づいてくる。

おかえりと声がかかり、ただいまと返事した。

「行方不明者、まだ見つからないのね」

初めに出動要請を受けた時は、ここまで長引くとは思わなかった。

「さてと。あなたもお腹が減ったでしょう。カレー、温め直すわ」

「ああ、頼む」

事務机の上に置かれた名刺が目に入る。稲山将太という名前を見つめていると、スマホに着信があった。桐谷からだった。

「はい、もしもし」

「野見山さん、お疲れ様です」

固い声なので仕事の話だろう。お疲れさん、と返した。

「検事から連絡があって、上杉宏高は不起訴になったそうです」

やはりそうなるか。上杉はおそらく兄を殺している。だがいくら怪しいとはいえ、被害者の遺体が見つからなければ公判維持は難しい。

「悔しいけど、アクセルの臭気選別だけではどうしようもないってことですよね。もしこれが指紋やＤＮＡ型鑑定なら、検事は起訴をためらわなかったでしょうが」

「俺が昔、馬鹿なことをやらかしたせいで信用されないんだろうか」

「野見山さん、それは全く関係ないっすよ」

そういうもんなんです、と桐谷は自分に言い聞かせるように言った。この件に関しては、これで終了ということだ。検察の決定は絶対であり、警察犬のハンドラーがどうこうできるもんじゃない。心にわだかまりが残ろうとも、だ。

話題を変えて、県立図書館の爆弾騒ぎについて聞いてみた。

「捜査中です。現場で見つかった爆弾からは、犯人を特定できるような証拠は見つかってませんし、現場の防犯カメラにも特にこれといったものは映ってなくて」

「そうか。それなら……」

言いかけて止まった。手嶋尚也の臭気と、今回見つかった爆発物の臭気を比較するのは可能だろうか。そんなことをふと考えてしまった。

「いや、何でもない」

「そうですか」

ああと言って、野見山は通話を切った。

地下鉄爆破事件の犯人と同一犯なのか否か。わざわざ言い立てなくても、考慮の上で捜査しているに決まっている。だが手嶋については有罪から一転し無罪になっている以上、下手に手出しすることはできないはずだ。

スマホを机に置くと、椅子に深く腰掛ける。

いつの間にかカレーライスが置かれていて、秋穂がスプーンを持ってきた。

「せっかく温めたのに、冷めちゃったかな」

「すまん。大丈夫だ、いただくよ」

考えることがあり過ぎて、腹が減っているのを忘れていた。食べている間、秋穂は斜向かいに座って窓の外を見ていた。隙間風が変な音を立てている。

「この稲山将太って男、知ってるか」

何気なく聞いてみた。秋穂は名刺を手に取ると、ため息をつく。

「いなやま、じゃなくて、いねやま、よ。漢字の上にローマ字でそう書いてあるでしょ」

よく見ると確かに秋穂の言う通りだった。

「フリーライターの人が来たって話したじゃない。聞いてなかったの？」

「そうだったっけな」

「ポアロの記事とか見せたでしょう。その人が書いたっていう」

そうか、と野見山はうなずくと、空になった食器を持って退散した。

どうやら秋穂はあの男と会ったことがあるようだが、手嶋に似ているとは露ほども思っていない。事件から二十年近く経っているし、眼鏡をかけている。秋穂はドラマの俳優も役柄が変われば見分けられない質だから、気付かなくて当然だろう。

洗い物を済ませて、さっさと風呂に入る。一日中、山で捜索していたのだ。ぬるめの湯につかると足腰の疲れがほどけていく。

「いねやましょうた、か」

〝INEYAMA　SHOTA〟と風呂の鏡に指で書いてみる。湯船につかりながら眺めていると、何となくおかしな感覚に囚われた。稲山将太、手嶋尚也……。名前自体に共通点などないのにどうも引っかかる。風呂を出た後も気になって、広告の裏にボールペンでアルファベットを書き出してみた。パズルのように並べ変えてみる。

「これは……」

次第に血の気が引いていく。

並べ変えた文字はきれいに〝TESHIMA　NAOYA〟へと変わった。

手嶋尚也。こんな偶然があるだろうか。いや絶対にない。明らかに意図的に並べ変えて作った名前。間違いない。稲山は手嶋本人だ。

スマホを手にすると、野見山は名刺の番号をタップしていた。コール音が聞こえる。

自分でも迷わず電話をかけていることに驚いている。それでも震えるような興奮に支配されて止めることなどできない。

カチッという音が聞こえたのは、五度目のコール音の後だった。間が空く。一秒、二秒、いや実際はもっと短い。

「はい、もしもし」

男の声が耳に飛び込んでくる。

「稲山将太さんの携帯でしょうか？　私、豊田警察犬訓練所の野見山という者です。この前、うちに取材に来られたそうで」

「ああ、はい。先日は大変お世話になりました」

明るいテノールボイスだった。

手嶋尚也。俺の人生を左右した男はこんな声をしているのか。

「稲山さんがいらっしゃった時、不在で対応できなかったもので。若手の話では物足りなかったでしょう。是非一度、お茶でもしながら私の話も聞いてもらいたいと思いましてね」

「そうですか。それはありがたいお申し出です」

怪しむ様子はないようだ。駅前の喫茶店で会う流れになった。

「出動要請が入らない限り、いつでもいいですよ」

「では明日の三時頃でどうでしょう。よろしいですか」

思った以上にすぐだったが、後には引けない。

「わかりました」野見山は了解すると、通話を切った。


店の時計を見ると、三時五分前だった。

これから手嶋尚也に会う。一対一で話をするなど全く想像できなかったことで、もうすぐ対面するというのにいまだに現実感がない。

時間きっかりに、店の前の駐車場にジープが停まった。

色白の男がゆっくりこちらに向かってくる。眼鏡をかけているが、やはり面影がある。法廷で目にしたあの青年が、そのまま年を取った感じだ。

「初めまして。稲山と申します」

にこやかな表情で握手を求められた。野見山はその手を握る。

「フリーのライターをしていまして。雑誌やウェブに執筆しているんですけど、特に警察犬に興味があるんです。この前はフレンチブルドッグのポアロの記事も書きました」

「所長に見せてもらいましたよ。いい記事ですね」

「ありがとうございます」

さっきチェックしたばかりだが、意外と詳しく冷静な目で書かれていた。

「僕は警察犬にできること、できないことを世に知らせたいんです」

　そう言って稲山は白い歯を見せる。

「警察犬って健気ですごい、みたいな話題ばかりじゃないですか。小型犬が試験に合格したとか、短時間で行方不明者を見つけたとか。でもそれだけじゃなく、できないことも明確に示した上で、その能力の可能性を追求していくことが重要だと思うんです」

「悪く書かれるんなら、協力しかねますよ」

「もちろん、そのあたりは心得ていますって」

　稲山は微笑んだ。

「世間に知ってほしいこととか、苦労していることとか色々あるんじゃないですか」

　コーヒーをすすりながら、野見山はじっと稲山を見つめた。手嶋尚也。間違いないと思ったのに、本当に彼なのか。法廷で見た彼は爆弾犯のイメージ通りの暗い青年だったが、目の前にいる男はしゃべり慣れている。

「長年従事していらっしゃるからこそ、伝えたいことってありますか」

「とにかく出動要請を早くしてほしいということですね。助かったかもしれない命を助けられなかったという辛さを度々味わっているので。せっかく訓練した犬の能力を活かしきれないというのは歯がゆいものです。他にもたくさんありますが……」

　野見山は不満に思っていることを述べていった。せっかく残存している臭気を台無しにする警官がいること、嘱託犬の出動要請に支払われる協力金が微々たるものであること、警察犬係に異動が多くてハンドラーが育たないことなど、いくらでもあった。愚痴を聞いてもらっているようで気分がよく、勢いがついたところで本題に入った。

「私からも一つ聞いていいですか」

「ええ、どうぞ」

「稲山将太さん、あなたの本名は何ですか」

その問いに、稲山は動きを止める。

黙ったまま、上目使いにこちらを見つめた。この反応、もう十分だ。もったいぶっても仕方ない。野見山はそう思った。

「手嶋尚也。そうだろ」

指摘するが、稲山は表情を変えなかった。しばらく二人は見つめ合っていたが、ようやくその頬が緩む。

「気づいていましたか」

野見山は目に力を込めた。

「どうして警察犬のことなど調べている？」

手嶋はふっと笑う。だが目は笑っていなかった。

「怒りですよ」

緩んでいた口元も、いつの間にか引き締まっている。

「無罪にはなりましたが、つらい人生に変わりはなかったですよ。地下鉄爆破事件で実名が出てますので、仕事ではとても本名を使えません。両親も死ぬ前まで爆弾犯の親と言われて苦しんでいましたから。僕の中にあるのはただ怒りです」

高校時代のことを、まるで無視した言い方だった。こいつが爆発物を扱っていたのは間違いのない事実だというのに。だがその怒りの根源はわからない。本当に無実だったからなのか、それともただの逆恨みなのか。

「野見山さん。あなたを動かしている根源も、僕と同じなんでしょう？」

「どういうことだ」

「警察を辞めてもなおハンドラーを続けている理由ですよ。その根源にあるのは単純な怒りですよね」

「………」

「下川秋穂さんから両足を奪った爆弾犯が赦せない。爆発物探知ができる犬を育てていれば、いつか仇を取れるかもしれないってね」

それは当たっていた。野見山は口を真一文字に結ぶ。

「ただ野見山さん、誤解しないでください。僕は警察犬の能力を高く評価しているんですよ」

意外な言葉だった。

「先日も興味深い事件がありましたよね。臭気選別で怪しいとされた男が、証拠不十分で不起訴になったとか。この件についても、アクセルの臭気選別結果がもっと重要視されるべきだったと思うんです」

「なぜそう思う？」

野見山はじっと、手嶋を見つめる。彼はふっと口元だけを緩めた。

「あの犬は間違ってなかったからです」

「……なに？」

「レニーのことです。第一審での臭気選別は正しかった。臭いが一致するのは当然のこと。あの手袋は僕のものです」

「手嶋、お前」

握った拳が膝の上で震えだすが、手嶋の顔には笑みが浮かんでいる。

「なんてね。また会いましょう」

手嶋は席を立つ。野見山も立ち上がるが、周りの視線が追いかけることを制する。立ち尽くしているうちに、手嶋はジープに消えた。

4

出勤した都花沙は、黙々と犬舎を掃除した。

何日経とうとも、空っぽのアクセルの檻を見ると涙が出そうになる。レニーは相変わらず甘えん坊で、ご飯をよく食べる。アクセルがいなくなってしまったことを、この子はわかっているのだろうか。

一夜明け、交替の時間がやってきた。

「岡本さん、少し有給でも取ったら？」

景子に声をかけられた。

「でも……レニーの訓練もありますし、他の犬の世話だって」

「やっておくから遠慮しないで。私も初めて担当犬を失ったとき、すぐには立ち直れなかったわ。あなたは頑張り過ぎなのよ」

そう言われても気が引けたが、係長の土屋にも押し切られて有給を取ることになった。

休息が必要に見えるということなのだろう。

二十四時間の勤務明けなのに、全く眠気を感じない。寮へ帰らずその足で向かったのは、亡くなった警察犬が埋葬されている墓地だ。多くの犬たちが眠る慰霊碑の前で、都花沙は手を合わせる。アクセル、仲間たちが一緒だから、さみしくないね。

どれぐらいそうしていただろう。人がやってくる気配に気づかなかった。

「よう、ご苦労さん」

桐谷だった。

「張り込み続きでな。やっとここへ来られた」

さすがに元気がないようだった。素直に顔に出るところがこの人らしい。ビーフジャーキーを慰霊碑に供えると、桐谷は手を合わせた。大好きだったビーフジャーキー。供えたところでもう二度と食べられないのだ。

「私がもっと早く気づいていればアクセルは……」

「いや、それはもう言うな」

頭をぽんと叩かれた。都花沙は目を瞬かせる。

口を半開きにしたまま、桐谷の横顔を見つめた。

「死ぬ直前まで元気にしてたってのは幸せなことだ。最後まで大事にされて、アクセルは満足して旅立ったんじゃないかな」

アクセルの能力を引き出し、立派な警察犬に育て上げたのは桐谷だ。自分はアクセルに導いてもらっただけで、二人の絆には到底かなわない。仔犬を育ててみてよくわかった。

「上杉宏高が不起訴になったのは聞いたか」

「はい」

「悪いな。他の証拠が見つけられなかった」

アクセルの臭気選別に決定的な証拠能力がないのはわかっている。だが所詮は犬のやることだと言われているようで悔しくてたまらない。

「これで終わってしまうんでしょうか。上杉社長だってまだ見つかっていないのに」

「そうだな。探すべき場所は他にあるんだ。俺は捜査本部とは違ってな、病院跡地が怪しいと睨んでいる。絶対にそこだっていう確証はないがな」

「病院跡地、ですか」

自分たち末端の人間が知らされていない情報もあるのだろう。

「俺はこのままにするつもりはない。だが不起訴になった以上、再度起訴しようとするのは至難の業だ。上杉宏高を表立って捜査するのは許されない」

桐谷は慰霊碑に視線をやると、供えたジャーキーを拾い上げた。

「アクセルはもう食べ終わったよな。レニーに食べさせてやるとしよう」

都花沙が顔を上げるのを待って、桐谷は口を開いた。

「臭気選別を頼みたい。今すぐだ」

「レニーにですか？　あの子はまだ下手っぴですよ」

「ああ、知ってる。だが非公式なんでね。少々難ありでも構わんさ」

断ることなどできず、渋々承知する。ゆっくり休めと言われて退勤してきたばかりなのに、すぐに戻ることになるとは思わなかった。そそくさと隠れるようにして犬舎に入ると、レニーを連れてグラウンドの裏手に回る。ジャージに着替える間もなくスーツのままだ。

「よし、やるか」

桐谷は慣れた手つきで選別台に布を入れていく。原臭が何なのか聞かされないまま、レニーに臭いを嗅がせた。すぐに選別台の方へ走っていくが、さんざ迷った末に一番端の布をくわえてきた。

「場所を変えるから、何度かやってくれ」

言われるまま、臭気選別を繰り返す。レニーは遊んでもらっている気分なのだろうが、おぼつかない様子にはらはらするばかりだ。

「桐谷さん、まだやりますか」

「ああ。もう一回だけやって終わりにしよう」

レニーはちゃんと嗅ぎ分けられているのだろうか。非公式とはいえ、重要なことを調べているに決まっている。下手な鉄砲も数撃てば方式で、レニーの反応を見ているのか。

「何かわかりましたか」

「まあ……」

なるほどね、と桐谷は薄ら笑いを浮かべる。

「レニーは見込みがあるぞ。今の臭気選別は完璧だった」

よくやったと頭を撫で、お下がりのジャーキーを食べさせた。呆気にとられる都花沙に礼を言って、桐谷は颯爽と消えてしまった。レニーと顔を見合わせていると、後ろから声がかかる。

「あれ、岡本さん。まだいたの？」

「すみません。片付けを忘れてまして」

不思議そうに見てくる土屋に苦笑いを返しつつ、選別台を片付け始めた。レニーを犬舎へ戻して今度こそ帰路に就く。

乗客のいない電車に揺られながら、ふうと息を吐き出した。

言われるまま臭気選別を行ったが、何を調べていたのだろう。このままにするつもりはないと、桐谷は言っていた。

きっと、上杉宏高を追い詰める何かだ。

事件の真相を暴いて犯人を捕まえることは警察犬係の仕事じゃない。だがアクセルと一緒に挑んだ臭気選別の結果には、ハンドラーとして責任とプライドをもっている。このまま終わらせたくない。その思いが心に強く燃えていた。

有給をとったのはいつ以来だろう。

昼過ぎまで布団の中にいたが、結局熟睡できずにカーテンを開ける。都花沙はパソコンを立ち上げて、上杉の会社付近のマップを表示する。病院跡地なんていくつもあるものじゃない。ここかと思う場所をすぐに特定できた。

ファミレスで朝昼兼用の食事を済ませ、自転車を走らせる。

その場に行ったからといって、何ができるというわけではない。だがこの目で確かめておきたかった。

ナビを片手に迷いつつも、ようやく目的地に近づいてきた。上杉の会社を過ぎてさらに行くと、柵に囲まれた広い空き地がある。その奥には雑木林が広がっていて、生い茂る木々に隠れるように廃墟がちらりと見えた。

ここが桐谷の言っていた病院跡地なのだろう。

都花沙は自転車を降りて、歩いてみることにした。時々立ち止まっては、きょろきょろと辺りを見回す。空き家やシャッターの閉まった店が目立つし、病院の建物も放置されている。それなのに、ここだけ広い空き地があるのはどうしてか。

考え込んでいると、通りがかりの老人に声を掛けられた。

「お嬢さん、道に迷ったかね」

「いえ。こんなところに病院があったのかって見てただけですから」

老人はため息をつく。

「ずっと前に後継者不足でつぶれたんだよ。買い手もつかずにあのまま放置されてるのさ。物騒だから何とかしてほしいんだけどね」

心霊スポットだとかでやって来る連中がいるそうだ。

「管理会社はどうなっているのかね。本当に何とかしてもらいたいよ。ここは一度、火事にもなっているんだよ」

「火事、ですか」

「もう七年くらい前かねえ。けが人も出ずに建物が燃えただけで済んだけど」

燃えた場所だけが更地になり、後は依然として放置されているそうだ。

「火事の原因は何だったんですか」

「さあ……いろんな噂はあるにはあるけどね」

どういう噂か聞くが、彼は言葉を濁していた。よそから来た人間には言いにくいのだろうか。老人は困ったように指差す。畑の向こう側に何かの店が建っている。

「あっちのばあさんに聞いてよ。ここらじゃ一番の情報通だから」

礼を言う間もなく、そそくさと行ってしまった。

何があるというのだろう。都花沙は自転車を押して歩いていく。

畑を回り込んで近づいていくと、昔ながらのよろず屋だった。生活用品や菓子パンが並んでいる。店の奥に誰かが座っている。腰の曲がったおばあさんだ。

「こんにちは」

大きい声で挨拶すると、こちらを振り返る。

「いらっしゃい」

喉が渇いていたのでちょうどよかった。ペットボトルのお茶を買いつつ、病院跡地のことを尋ねてみた。おばあさんは目をしょぼしょぼさせるだけで何も言わない。

「火事のこと、何か知っていらっしゃいますか」

「……知りたいの？」

はい、と都花沙はうなずく。ちゃんと聞こえていたようだ。

「肝試しで騒いでいた人たちが火をつけたとか、花火の燃えかすから火が出たとか。いろいろ言われてはいるけどね」

ここだけの話よと、おばあさんはささやいた。

「上杉自動車の社長さんがいなくなっちゃった事件って知ってる？」

「ええと、ニュースで見ました」

「逮捕された弟がいたでしょう。何かしでかすんじゃないかって前から思ってたよ。火事を起こしたのだって、あの弟に違いないんだから」

驚いた。こちらが期待した以上に、核心に迫った内容だった。

「上杉宏高さんが火事を起こしたってことですか」

都花沙が聞くと、おばあさんは慌てたように人差し指を口元に当てた。

「上杉さんとこは昔からの地主だから、表立っては言えないけどね」

「どうしてそう思われるんですか。何か根拠でも？」

「立ち入り禁止の張り紙を無視して、子どもの頃からよくあそこに入り込んで遊んでいたもの。歳が離れた兄の方も小さい頃はそうだったけど」

秘密基地のようにしていたという。男の子によくありそうな話だが、火事を起こしたとなれば大ごとだ。

「でも、あんた何でそんなこと知りたいの」

探るような目で見つめられ、都花沙は慌てる。

「あ、いえ。ちょっと気になっただけで」

総菜パンを追加で買うと、店を出てきた。

火事を起こしたのかは不明だが、遊び場にしていたくらいなのだから内部をよく知っているのは間違いない。建物外の敷地も広いようだし、遺体を隠すのはあり得ることだ。

桐谷はこのままにするつもりはないと言っていたが、不起訴になった今、一刑事が簡単に動けるはずはない。

だったら私が……。

都花沙は自転車を走らせ、寮へ戻る。玄関で車のキーを手にしてすぐに出発した。向かう先は豊田警察犬訓練所だった。

日が落ちて、事務所の明かりがついていた。

野見山の姿が外から見える。都花沙はためらわずにドアをノックする。野見山の太い腕が覗いて、扉が開いた。

「何だ、急に」

ぶっきらぼうに問いかけられた。後ろに秋穂もいる。

「こんばんは」

「どうしたの、都花沙ちゃん」

すぐに言い出さずにいたら、野見山に中へ入るよう促された。

「アクセルが死んだのは残念だったな」

優しい声だった。秋穂が車椅子で近づいてくる。

「すぐには立ち直れないわよね。私でよかったら、何でも話してちょうだい」

都花沙は唇を嚙みしめる。二人の顔を順番に見てから、決意したように口を開いた。

「上杉社長の失踪事件、野見山さんが最初に足跡追及していたそうですね。逮捕された弟の宏高が不起訴になったのはご存じですか」

「ああ、知っているが」

「アクセルは亡くなる前に臭気選別で教えてくれました。上杉宏高が限りなく怪しいって。それなのに……」

「残念だが現実はそういうものだ」

都花沙はうなずくと、野見山の顔を見た。

「野見山さんに頼みがあるんです。ブリッツを遺体捜索犬として出動させてもらえませんか」

「なんだと?」

「私は上杉宏高をこのままにしてはおけないんです。ご遺体さえ見つけ出せれば状況は変わってくるはずです。正式な捜査じゃなければ探しても構わないでしょう」

フレンチブルドッグの嘱託犬、ポアロが以前そうだった。

「正気で言っているのか」

「はい。どうしても確かめたい場所があるんです」

病院跡地で起きた火事のことを説明するが、返ってきた視線は冷たかった。

「ブリッツは出せない」

「野見山さん」

「そんな勝手なこと、できるわけがないだろう。あきらめろ」

都花沙は口を真一文字に結ぶと、目に力を込めた。

「だったら教えてください。野見山さんはどうして不正なんてしたんですか」

「……は？」

「警察を辞めてからも、ハンドラーとして第一線で活躍している。ブリッツは警察犬係のどの犬にも劣らない名犬です。不正といっても、何か事情があってのことだったんですよね」

逆に言えば、事情次第では少々枠からはみ出た行為にも寛容なはず。そう思って尋ねたが、野見山は何も言わない。

「私のせいなのよ」

代わりに秋穂が口を開いた。話してもいいわよね、と問われて、野見山はうんとも言わずにそっぽを向いた。

「この人は誰も傷つかないようにするために、自分を犠牲にしたの」

語られた内容は思いもつかないことだった。秋穂、手嶋、レニー……それぞれの置かれた状況を考えて、野見山が何をしたのか。それと引き換えに多くを失い、その後、長い月日をかけての今がある。野見山と秋穂の関係についてもわかった気がした。残念だが、この件に彼を巻き込むわけにはいかないようだ。

長い息を吐き出すと、都花沙は頭を下げる。

「お騒がせしました。失礼します」

「もういいんだな」

「……はい」

力なく返事した。そのまま走り去るようにして、都花沙は車に戻った。ハンドルを握りしめて発車させる。

押しかけておきながら、無茶な頼みだとはわかっていた。探して見つからなければそれまでだし、何より私有地を勝手に捜索するのは赦されることではない。過去に野見山がしたように、全てを引き換えにしてまで行動を起こす覚悟が自分にあるだろうか。

寮の部屋に戻ってベッドに倒れ込む。いつの間にか少し寝ていたが、すぐに目が覚めて天井を見ていた。時間があっても落ち着かないだけだ。都花沙はもう一度、外出することにして車に乗り込む。

やってきたのは訓練所だった。目立たないように車を停めたつもりだったが、土屋に見つかって声をかけられた。

「岡本か。せっかく休みを取ったのに、どうした？」

「忘れ物です」

嘘をついて犬舎へ足を向ける。音を立てないように、そっと中へ入った。犬たちは寝静まっている。出動要請はないようで、彼らの眠りを妨げる要素は何もない。

都花沙はレニーの前にしゃがみ込む。目が開いてこちらを見たような気がした。

「レニー、起きてるの？」

ささやくように声をかけると、耳が片方、ぴくっと動いた。

ここへ来て、どうしようというのだろう。

ブリッツが駄目ならレニーに探してもらおうとでもいうのか。そんな発想自体、ちっとも現実的ではない。レニーは遺体捜索の訓練をしていないし、足跡追及するには時間が経ちすぎて臭気は消えてしまっている。そもそもレニーは直轄犬で警察の所有物だ。連れ出して勝手に捜索するなど完全にアウトだ。

それでもこのままにしたくない。そんな思いが湧き上がってくる。

アクセル、私はどうすれば……。

5

その夜はなかなか寝付けなかった。

胸騒ぎというのだろうか。不思議と目が冴えて、野見山は寝返りを何度もうつ。隣で寝ている秋穂も同じようだ。手嶋と会ってからはずっとそうだが、今、心を占めているのは都花沙のことだった。

今、何時頃だろう。そう思って枕もとのスマホを手に取ると、タイミングよく着信が入る。

出動要請か。いや、違う。桐谷からだ。

秋穂も体を起こして、耳をそばだてている。

「どうした？　こんな時間に」

「岡本都花沙のことですが」

ちょうど考えていたところにその名前が出たので驚く。わざわざ電話をかけてくるなんて何かあったのか。不安が募る中、桐谷は興奮気味に告げる。

「警察犬係の犬舎から無断でレニーを連れ出しました。上杉靖史の遺体を探すつもりです」

「は？」

想像の遥か先をいっていた。とんでもない娘だ。

「レニーはまだ警察犬にさえなってない。連れ出したところで何ができるっていうんだ」

「本当に馬鹿でしょう。でもね、俺もすっげえ馬鹿なんです。あの子に最後まで付き合いますよ。アクセルの無念を晴らしてみせます」

「桐谷、お前……」

いつの間につるんでいるんだ。どいつもこいつも正気の沙汰じゃない。

「そこでなんですが、野見山さんにも一緒に来てほしいんです」

桐谷は続けた。

「いや、来なきゃいけない因縁があるんですよ」

「因縁？」

「俺がまだ犬係の新人で、野見山さんが警察を去る少し前のことです。雨の日に豊田の山で迷子の女の子を助けたことがあったでしょ？」

そんな昔のことなど思い出せない。野見山が言いよどんでいると、桐谷は笑った。

「はは。人助けしすぎて覚えてないんだな。俺は言われてすぐに思い出しましたよ。新人だったからすべてが新鮮でしたし。ほら、赤いハンカチの……」

「夫婦杉の根元でうずくまっていた子か」

「そうです。あの子が岡本都花沙だったんですよ」

記憶がよみがえってきた。レニーが見つけ出して、冷えた体を温めるように寄り添っていた。そうか、あの子が大人になって警察犬係のハンドラーになった。仔犬にレニーと名付けたのは、そういうことだったのか。

「ね、放っておくわけにいかないでしょ」

「それとこれとは別問題だ。こんなことをしてはすべてが台無しになる。お前たちまで俺と同じ道を歩むつもりか」

「来てくれるって信じてます」

一方的に場所を伝えて、通話は切れた。

心配そうに秋穂が見ている。野見山はスマホを手にしたまま、深く息を吐いた。

午前二時三十四分。桐谷に告げられた病院跡地に到着した。

辺りが真っ暗だと、月明かりの明るさがよくわかる。

結局、来ちまったな。野見山はブリッツをケージから出してリードを繋げる。立ち入り禁止の札と有刺鉄線があったが、乗り越えるのは難しくなかった。ブリッツもあっさりと飛び越えて、野見山についてくる。

思ったよりも敷地は広い。廃墟と化した病院は何か出そうな雰囲気だったが、くまなく歩いても人の気配はない。一度、建物の外へ出て、裏の雑木林へ向かう。

桐谷に電話をかけても繋がらなかった。電波が届かないのか、わざと電源を切っているのか。向こうから呼び出しておいて居場所がわからないなんて……。あいつらの足跡追及ができたらどんなに楽だろう。そう思ってブリッツを見た時、かすかな音がした。

野見山は足を止める。

ブリッツが尻尾を振って、ワンと啼いた。

視線の先にライトがちらちらと揺れている。遠目でもわかった。都花沙がレニーを連れている。その後ろについていく桐谷は、背中にスコップを担いでいる。本気で遺体を見つけるつもりのようだ。

近づいていく途中、急にレニーがへたり込んだ。都花沙がリードを引っ張るが、びくともしない。

「どうしたの？　疲れちゃったのかな」

慌てたように都花沙がぽんぽんと背中を叩くが、レニーは動かない。

「レニー、もうちょっと頑張って」

現場の経験がないどころか警察犬の試験にも受かっていないのだ。そんな犬を連れ出して何ができるというのか。

どうやらここまでのようだな。

ブリッツが駆け寄るのに気づいて、二人はこちらを振り向く。

「野見山さん、どうしてここに」

「俺が呼んだ。やっぱり来てくれると思ってましたよ」

都花沙は知らなかったようだが、野見山は眉根にしわを寄せる。

「お前らを止めに来た。いい加減に馬鹿なことはやめろ。今すぐその警察犬を戻せば内々で済ませられるかもしれん」

「野見山さん、まあ話を聞いてください」

桐谷が肩を叩くが、野見山はそれを振り払った。

「警察犬とハンドラーの誇りを汚すな！」

野見山は桐谷から都花沙に視線を移した。

「アクセルのためだなんて思っているんじゃないだろうな。臭気選別の結果がどう扱われようと、アクセルは何とも思っちゃいない。起訴不起訴だの、証拠能力がないだの、人間側が勝手にやっていることだ。それを気にするのはお前たちのエゴでしかない」

口をついて出てくる言葉は、過去の自分への怒りを含んでいるようだった。最良だと思っての選択だったが、すべてをさらけ出すべきだったと後悔している。

都花沙は下を向いて動かなくなった。

強く言いすぎたか。だが泣いているわけではないようだ。一点を見つめて固まっている。

「おい、聞いているのか」

「違うんです。二人とも見てください」

都花沙が指し示したのは、レニーだった。

「ここです！」

都花沙は歓声を上げた。

「レニーが言ってます。ここに上杉靖史さんのご遺体があるって」

「なに？」

野見山は目を瞬かせる。桐谷がライトを当てると、その姿がはっきりと浮かび上がった。

「ほんとだ。これって発見の合図じゃないか」

舌を出して見上げている。へたり込んでいるように見えたが、これは訓練された『フセ』の姿勢だ。いつの間にかブリッツもその横に座っている。

ブリッツよ、まさか、お前も遺体がここにあるというのか。

「ここを掘ればいいんだな」

桐谷は首にライトをかけて、スコップを手にする。都花沙もレニーのリードを木に巻き付け、掘り返す気満々だ。野見山もスコップを押し付けられた。

「くそ、やれやれだな」

仕方なく野見山も加勢することにした。レニーとブリッツが見守る中、三人がかりで掘り進めていく。

「野見山さんってつくづく面倒見のいい方ですよね」

息を切らせながら都花沙がつぶやくと、桐谷が笑った。

「犬の面倒も見続けて、ウン十年だからな」

面倒をかけている意識はあるのだろうか。ため息しか出てこないが、今はとにかく掘っていくしかない。

十分ほど経ったところで、野見山はスコップの手を止めた。

「これは……」

出てきたのは黒ずんだコードのようなものだ。続いてプラスチックの破片や用途不明の電気部品などが次々と見つかった。大事な証拠品を扱うように、桐谷は手袋をはめた手でビニール袋へ入れていく。

声が響いたのは、その直後だった。

「野見山さん！」

桐谷がスコップで指し示した場所を、野見山はライトで照らした。異臭がする。桐谷がしゃがみこみ、両手でそっと土を取り除いていく。都花沙がのぞき込もうとする。

「見ない方がいい」

彼女の前に、野見山が立ちふさがる。

「おそらく上杉靖史さんのご遺体だ」

掘り返すのをやめて、桐谷は手を合わせた。野見山と都花沙もそれにならう。あれほど人員と時間をかけても見つけられなかったのに、たった一夜で探し当ててしまうとは。信じられない思いだが、遺体は本当に出てきた。

桐谷は電話をかけている。

「よく頑張ってくれたね」

ありがとうと、都花沙はレニーに抱きついている。

「見つけたはいいが、これからどうするんだ？」

「流れに身を任せるとします」

都花沙は微笑んだ。

そうかい、と野見山は大きなため息をついた。

「無茶苦茶だな。やってることが」

「そうでしょうけど、野見山さんには負けますよ」

野見山はふんと鼻を鳴らした。

しばらく時間が流れた。

時刻は午前五時を過ぎた。パトカーのサイレンの音が鳴り響き、鑑識や警察官が続々とやってきた。青いビニールシートが敷かれ、あっという間に遺体が掘り出されていく。

「ずいぶんと損傷してるな。腕が……」

「だが顔は綺麗だ」

捜査員たちが話している声が聞こえる。

釈放された上杉宏高が連れられてきた。桐谷は遺体にかけられているシートをめくって、その顔を見せる。

「お兄さんの靖史さんで間違いないですね」

問いにうなずくと同時に、宏高はがたがたと震え始めた。

「……俺は殺してない」

「こいつ、まだ言うか」

警察官が興奮を抑えきれないように宏高を小突くが、それを制するように都花沙は声を上げた。

「宏高さんの言う通りです。おそらく彼はお兄さんを殺してません」

その場の注目が、都花沙に集まった。

「どういうことだ?」

「彼の罪はただ一つ、死体遺棄だと思われます」

都花沙は宏高に視線をやった。

「宏高さん、あなたは自分が殺人犯だと疑われるかもしれない。それでも絶対に、お兄さんの死因を知られてはいけないと思ったんでしょう? どうして靖史さんは死んだのか。あなたは何を隠そうとしたのか。それがこの事件の全てですよね」

宏高の目は泳いでいた。額に汗をかいている。どういうことだろう。宏高が兄を殺していないのなら、どうして遺体を隠す必要があるというのだ? 死因とは何だ。あの一緒に埋まっていた物に関係があるのか。

都花沙は宏高との距離を一歩詰めると、彼の目をしっかり見据える。

「あなたたち兄弟は、爆弾魔だったんです」

その瞬間、野見山は目を大きく開けた。

「爆弾魔？」

「はい」

都花沙はうなずくと、宏高にさらに近づく。

「上杉靖史さんの死因は爆死ですよね。だって、レニーが追っていたのは火薬の臭いだったんですから」

レニーは都花沙に寄り添うように大人しくしている。遺体捜索ではなく爆発物探知の訓練をしていたとは知らなかった。だが火薬の臭いから遺体を見つけ出そうとするなんて、自分には思いつかない発想だ。

「ここはあなたたち兄弟の秘密基地。少々の音が響いても周りに気付かれない、都合のいい実験場だったんでしょう。だけどある日、靖史さんが誤爆で死んでしまった」

都花沙は宏高に歩み寄った。

「こんなことが公になれば、自分たちが世間を騒がせている爆弾魔だとばれてしまう。あなたは考えた末に、靖史さんの遺体を隠して失踪したと見せかけることにした」

「いい加減にしろ!」

宏高は絞り出すように声を発した。

「全部、あんたの勝手な想像じゃないか。おかしな言いがかりはやめてくれ」

つかみかかろうとする宏高を、横から桐谷が制した。

「勝手な想像? 残念ですけど、ここで起きた火事のことを聞いて確かめたんですよ。県立図書館の爆弾騒ぎの犯人は、あなたたち兄弟だ」

「はあ? 証拠がどこにある」

「爆発物に残っていた臭いと、靖史さんの臭いが一致しました。混合臭でしてね、宏高さん、あなたの臭いも残っていましたよ」

「ざけんな! また犬コロのか。あんなもの信用できるわけないだろ」

野見山はそのセリフに歯嚙みする。だが桐谷は口角を上げる。

「かもしれません。でもね、ご遺体の腕が焦げて吹っ飛んでますけど。解剖や鑑定でも死因はすぐにわかりますし、これだけ爆発物の残骸が出てきちゃ隠しようがないですよね」

桐谷が差し出した袋には、さっき掘り出されたコードが入っている。

「例えばこれ、図書館の爆弾の部品とおんなじですよね」

宏高の口が開きかけたが、言葉は漏れてこなかった。

野見山も他の警官も、思いもしなかった真相に口を閉ざしている。ここに爆弾魔がいる。その事実を誰もが確信していた。静寂が訪れる中、大声がこだました。

「ははは！」

突如、宏高は笑い始めた。

病院跡地に叫び声が響く。何だこの叫びは……。それはまるで、この兄弟の魂に巣くっていた悪魔が悲鳴を上げたようだった。

「助けてよ！　兄ちゃん」

取りつかれたように宏高は立ち上がると、走り出す。

兄の名を叫びつつ、助けてと言いながら、宏高は走っていく。

誰もが虚を突かれたが、すぐに警察官たちが追いかけていった。だが暗闇の中、木々に阻まれすぐには追いつけない。

「レニー」

都花沙の声を受けてレニーは駆け出した。あっという間に宏高に追いつき、体当たりする。いや、体勢を崩してぶつかっただけのようだ。

何をやっているんだ。

だがもう一つ、風を切るように走る影が現れる。

ブリッツだった。

高い跳躍で宏高を飛び越えると、すぐに身をひるがえしてその前に立ちふさがる。宏高は尻もちをついたが、近くに落ちていた棒きれで殴りかかる。だがブリッツは難なくそれをかわし、腕に嚙みついた。

「くそ！　やめろ！」

だがブリッツは離さない。ふうふうと荒い息遣いが聞こえてくる。宏高は包囲され、抵抗をあきらめたようだ。

桐谷が手錠を取り出す。

「五時三十四分。公務執行妨害罪の現行犯だ」

宏高は全身の力が抜けたようにうなだれた。捜査員たちが取り囲む中、野見山はゆっくりと近づいていく。

「ヤメ」

野見山の声符と同時に、ブリッツは嚙みついていた腕を解放した。

薄っすらと辺りが明るくなってきた。小鳥のさえずりが聞こえてくる。都花沙はレニーに駆け寄ると、そっと抱きしめた。

朝日が昇ってくる。

柔らかな光が、この場の全てを包み込むように照らしていた。

※

快晴のもと、大型犬たちが走り回っている。

野見山は直轄犬の上級検定会場にいた。

落ち着いて見ていられないくらい、レニーは試験に手こずっている。審査員の顔がひきつっているが、都花沙の顔はもっとだった。板壁の飛び越えはかろうじて合格を出せるレベルだが、足跡追及と臭気選別は聞いていた以上に下手だった。

「あれが本当にレニー号か」

「上杉兄弟の事件で活躍したって本当ですかね」

半信半疑の声が聞こえてくる中、試験がようやく終わった。

「ようし、よく頑張ったねえ」

都花沙は大げさなくらいに褒めているものの、内心では何やってんのよと怒りたがっているのがよく伝わってくる。贔屓目に見てもかなり微妙な出来栄えだったが、レニーはきゃっきゃという感じで甘えている。

桐谷も気になって来ていたようだ。さっそく都花沙に声をかけている。

「不合格だな」

何が楽しいのか、桐谷は満面の笑みだった。

「アクセルのときは余裕で受かったぞ」

「まだ結果はわかりませんよ。不合格だって決めつけないでください。私もレニーも全力で頑張ったんですから」

「落ち込むな。試験はこれきりじゃない。レニーはまだ一歳だろ。嘱託犬の合格平均年齢まではまだまだある」

「レニーは直轄犬ですってば」

都花沙はふくれつらを返す。

「そもそも試験の形態が違うし、こっちは税金で育ててるんです。悠長なことは言ってられません」

都花沙がまじめに言い返すほど、桐谷は嬉しそうだ。

いつの間に仲良くなっていたのかは知らないが、規格外同士、相性がいいのだろう。アクセルが死んでから都花沙はハンドラーとしての活躍の場を失っている。アクセルと飛び回っていたころを、どこか夢のように感じていることだろう。レニーが合格すれば現場への出動が許されるのだが、それはまだ先のことかもしれない。

やがて二人がこちらに気づいてやってきた。

「野見山さん、見に来てくださったんですね」

「まあな。うちの仔犬がどれだけ立派に成長したものかとね」

レニーは尻尾を振るが、都花沙は少しばつが悪そうだ。

「それにしても、よく検定を受けさせてもらえたもんだ」

野見山の言葉に、都花沙は苦笑いする。

「ひどく怒られましたけどね。二度とこんなことしませんよ」

謹慎と減俸の処分を受けたというが、それだけで済んだのは奇跡だろう。隣で桐谷がうなずいている。

「俺は地下鉄爆破事件もあいつらの犯行だと思ったんですけどね。年来の悲願が実るときが来た。そう思って野見山さんを呼び出したのにな」

「まあそれは、おいおいだ」

あれから上杉宏高は死体遺棄罪で逮捕されたと聞く。事件の真相は、都花沙と桐谷の口から語られたものと相違なかった。七年前の火事は兄の靖史が起こしたのだという。爆発の失敗を隠すために放火したようだ。燃えたぎる炎があまりに美しく、その後、宏高も一緒に爆弾を研究するようになったという。

「完全にいかれていますよね。ロボット工作みたいに、爆弾工作に夢中になる兄弟なんて」

一時はあの事件の関係者ではと期待する気持ちもあったが、つかみ損ねたように虚しく消えていった。手嶋尚也に会ったことは桐谷にも話した。あの告白は本気だったのか。いまだにわからない。謎は謎のまま、日常に戻っていく。

「野見山さん、それじゃあまた」

「ああ。無茶せずに頑張れよ」

一人になった野見山は、川沿いを少し歩く。

小さな橋を渡ると、木陰に車椅子が見えた。秋穂だ。寄り添うように介助犬が側にいる。帽子を押さえながら何をしているのかと思ったら、タンポポの綿毛を飛ばしていた。

「やっと終わったよ」

声をかけると、秋穂はこちらを振り向く。

「あの子、合格できそう？」

「さあな」

気になるなら一緒に行けばよかったのに。目立つから見学しているのがばれてしまう。プレッシャーになるといけないからと、秋穂は気を遣ったようだ。

川の向こう岸、視線の先には都花沙の姿があった。

都花沙の足元にぴたりと張り付くようにレニーが歩いている。服従はばっちり出来ているじゃないか。さっき試験で見た姿とはまるで違う。

「気が優しすぎるから警察犬には向いてないと言ったのにね」

緊張して本番に弱いというやつか。だが警察犬にさえなっていないのに、あまりにも大きな仕事をした。

「まあ、なんとかなるかしら」

現場に出てからが大変だろうが、都花沙ならやっていけるかもしれない。

「秋穂」

「なあに」

「いや、何でもない」

結局、爆破事件の犯人はわからないままだが、俺はまだあきらめてはいない。いつか必ず、すべてを明らかにする。

そうだろ、レニー。

野見山は心の中で誓うと、顔を上げる。

レニーと同じ名前の警察犬が、都花沙とともに駆け抜けていく。その二つの影が小さくなっていくのを、薫風を感じながらしばらく見つめていた。

「手綱を引く」　オール讀物二〇二一年十二月号掲載
その他の作品は「文春文庫」のために書き下ろされたものです。
DTP制作　エヴリ・シンク

文春文庫

鑑識課警察犬係(かんしきかけいさつけんがかり)
闇夜(やみよ)に吠(ほ)ゆ

定価はカバーに
表示してあります

2023年1月10日　第1刷

著　者　大門剛明(だいもんたけあき)
発行者　大沼貴之
発行所　株式会社　文藝春秋

東京都千代田区紀尾井町 3-23　〒102-8008
TEL　03・3265・1211(代)
文藝春秋ホームページ　http://www.bunshun.co.jp
落丁、乱丁本は、お手数ですが小社製作部宛お送り下さい。送料小社負担でお取替致します。

印刷製本・大日本印刷
Printed in Japan
ISBN978-4-16-791984-9

（　）内は解説者。品切の節はご容赦下さい。

石持浅海
**殺し屋、やってます。**
《650万円でその殺しを承ります》——コンサルティング会社を経営する富澤允。しかし彼には、殺し屋という裏の顔があった…。殺し屋が日常の謎を推理する異色の短編集。（細谷正充）
い-89-2

石持浅海
**殺し屋、続けてます。**
ひとりにつき650万円で始末してくれるビジネスライクな殺し屋、富澤允。そんな彼に、なんと商売敵が現れて——殺し屋が日常の謎を推理する異色のシリーズ第2弾。（吉田大助）
い-89-3

伊東　潤
**悪左府の女**
冷徹な頭脳ゆえ「悪左府」と呼ばれた藤原頼長が、琵琶の名手に密命を下し、天皇に仕える女官として送り込む。保元の乱へと転がり始める時代をダイナミックに描く！（内藤麻里子）
い-100-4

伊東　潤
**修羅の都**
この鎌倉に「武士の世」を創る！　頼朝と政子はともに手を携え、目的のため弟義経、叔父、息子、娘を犠牲にしながらも邁進していく。その修羅の果てに二人が見たものは……。（本郷和人）
い-100-5

伊吹有喜
**ミッドナイト・バス**
故郷に戻り、深夜バスの運転手として二人の子供を育ててきた利一。ある夜、乗客に十六年前に別れた妻の姿が。乗客たちの人間模様を絡めながら家族の再出発を描く感動長篇。（吉田伸子）
い-102-1

岩井俊二
**リップヴァンウィンクルの花嫁**
「この世界はさ、本当は幸せだらけなんだよ」秘密を抱えながらも愛情を抱きあう女性二人の関係を描き、黒木華、Ｃｏｃｃｏ共演で映画化された、岩井美学が凝縮された渾身の一作。
い-103-1

岩井俊二
**ラストレター**
「君にまだずっと恋してるって言ったら信じますか？」裕里は亡き姉・未咲のふりをして初恋相手の鏡史郎と文通する——不朽の名作『ラヴレター』につらなる、映画原作小説。（西崎　憲）
い-103-2

（　）内は解説者。品切の節はご容赦下さい。

（　）内は解説者。品切の節はご容赦下さい。

上田早夕里
**薫香のカナピウム**
生態系が一変した未来の地球、その熱帯雨林で少女は暮らす。ある日現われた〈巡りの者〉と、森に与えられた試練。立ち向かうことを決めた彼女たちの姿を瑞々しく描く。（池澤春菜）
う-35-1

冲方　丁
**十二人の死にたい子どもたち**
安楽死をするために集まった十二人の少年少女。全員一致で決を採り実行に移されるはずのところへ、謎の十三人目の死体が!? 彼らは推理と議論を重ねて実行を目指すが。（吉田伸子）
う-36-1

冲方　丁
**剣樹抄**
父を殺され天涯孤独の了助は、若き水戸光國と出会う。異能の子どもたちを集めた幕府の隠密組織に加わり、江戸に火を放つ闇の組織を追う！　傑作時代エンターテインメント。（佐野元彦）
う-36-2

大沢在昌
**魔女の笑窪**
闇のコンサルタントとして裏社会を生きる女・水原。男を一瞬で見抜くその能力は、誰にも言えない壮絶な経験から得た代償だった。美しいヒロインが、迫りくる過去と戦う。（青木千恵）
お-32-7

大沢在昌
**極悪専用**
やんちゃが少し過ぎた俺は、闇のフィクサーである祖父ちゃんの差し金でマンションの管理人見習いに。だがそこは悪人専用住居だった！　ノワール×コメディの怪作。（薩田博之）
お-32-9

奥田英朗
**イン・ザ・プール**
プール依存症、陰茎強直症、妄想癖など、様々な病気で悩む患者が病院を訪れるも、精神科医・伊良部の暴走治療ぶりに呆れるばかり。こいつは名医か、ヤブ医者か？　シリーズ第一作。
お-38-1

奥田英朗
**空中ブランコ**
跳べなくなったサーカスの空中ブランコ乗り、尖端恐怖症で刃物が怖いやくざ……。おかしな症状に悩める人々を、トンデモ精神科医・伊良部一郎が救います！　爆笑必至の直木賞受賞作。
お-38-2

（　）内は解説者。品切の節はご容赦下さい。

奥田英朗
**町長選挙**
都下の離れ小島に赴任することになった、トンデモ精神科医の伊良部。住民の勢力を二分する町長選挙の真っ最中で、巻き込まれた伊良部は何とひきこもりに！　絶好調シリーズ第三弾。
お-38-3

恩田　陸
**まひるの月を追いかけて**
異母兄の恋人から兄の失踪を告げられた私は、彼女と共に兄を捜す旅に出る。次々と明らかになる事実は、真実なのか――。恩田ワールド全開のミステリー・ロードノベル。（佐野史郎）
お-42-1

恩田　陸
**夜の底は柔らかな幻**（上下）
国家権力の及ばぬ〈途鎖国〉。特殊能力を持つ在色者たちがこの地の山深く集う時、創造と破壊、歓喜と惨劇の幕が切って落とされる！　恩田ワールド全開のスペクタクル巨編。（大森　望）
お-42-4

荻原　浩
**幸せになる百通りの方法**
自己啓発書を読み漁って空回る青年、オレオレ詐欺の片棒担ぎ、リストラを言い出せないベンチマン……今を懸命に生きる人々を描いたユーモラス&ビターな七つの短篇。（温水ゆかり）
お-56-3

荻原　浩
**ギブ・ミー・ア・チャンス**
漫才芸人を夢見てネタ作りと相方探しに励むフリーターを描く表題作ほか、何者かになろうと挑み続ける、不器用で諦めの悪い八人の短篇集。著者入魂の「あと描き」（イラスト）収録。
お-56-4

大崎　梢
**プリティが多すぎる**
文芸志望なのに少女ファッション誌に配属された南吉くんこと新見佳孝・26歳。くせ者揃いのスタッフや10代のモデル達のプロ精神に触れながら変わってゆくお仕事成長物語。（大矢博子）
お-58-2

大崎　梢
**スクープのたまご**
週刊誌編集部に異動になった信田日向子24歳。「絶対無理！」怯える気持ちを押し隠し、未解決の殺人事件にアイドルのスキャンダル写真等、日本の最前線をかけめぐる！（大矢博子）
お-58-3

（　）内は解説者。品切の節はご容赦下さい。

大山誠一郎
**密室蒐集家**
消え失せた射殺犯、密室から落ちてきた死体、警察監視下で起きた二重殺人。密室の謎を解く名探偵・密室蒐集家。これぞ究極の密室ミステリ。本格ミステリ大賞受賞作。（千街晶之）
お-68-1

大山誠一郎
**赤い博物館**
警視庁付属犯罪資料館の美人館長・緋色冴子が部下の寺田聡と共に、過去の事件の遺留品や資料を元に難事件に挑む。超ハイレベルで予測不能なトリック駆使のミステリー！（飯城勇三）
お-68-2

太田紫織
**銀河の森、オーロラの合唱**
地球へとやってきた、慈愛あふれる宇宙人モーンガータ（見た目はほぼ地球人）。オーロラが名物の北海道陸別町で宇宙人と暮らす日本の子どもたちが出会うちょっとだけ不思議な日常の謎。
お-69-2

大島真寿美
**渦**
妹背山婦女庭訓 魂結び
浄瑠璃作者・近松半二の生涯に、虚と実が混ざりあい物語が生まれる様を、圧倒的熱量と義太夫の如き心地よい大阪弁で描く。史上初の直木賞&高校生直木賞W受賞作！（豊竹呂太夫）
お-73-2

尾崎世界観
**祐介・字慰**
クリープハイプ尾崎世界観、慟哭の初小説！　売れないバンドマンが恋をしたのはピンサロ嬢――。「尾崎祐介」が「尾崎世界観」になるまで。書下ろし短篇「字慰」を収録。（村田沙耶香）
お-76-1

垣根涼介
**午前三時のルースター**
旅行代理店勤務の長瀬は、得意先の社長に孫のベトナム行きの付き添いを依頼される。少年の本当の目的は失踪した父親を探すことだった。サントリーミステリー大賞受賞作。（川端裕人）
か-30-1

垣根涼介
**ヒート アイランド**
渋谷のストリートギャング雅（みやび）の頭（ヘッド）、アキとカオルは仲間が持ち帰った大金に驚愕する。少年たちと裏金強奪のプロフェッショナルたちの息詰まる攻防を描いた傑作ミステリー。
か-30-2

（　）内は解説者。品切の節はご容赦下さい。

角田光代
## ツリーハウス
じいさんが死んだ夏、孫の良嗣は自らのルーツを探るべく、祖父母が出会った満州へ旅に出る。昭和と平成の世相を背景に描く、一家三代のクロニクル。伊藤整文学賞受賞作。（野崎　歓）
か-32-9

角田光代
## 太陽と毒ぐも
大好きなのに、どうしても許せないことがある。不完全な恋人たちの、ちょっと毒のある11のラブストーリー。「角田光代の隠れた傑作」といわれる恋愛短篇集が新装版で登場。（芦沢　央）
か-32-17

加納朋子
## モノレールねこ
デブねこを介して始まった「タカキ」との文通。しかし、そのネコが車に轢かれ、交流は途絶えるが……表題作「モノレールねこ」ほか、普段は気づかない大切な人との絆を描く八篇。（吉田伸子）
か-33-3

加納朋子
## 少年少女飛行倶楽部
中学一年生の海月が入部した「飛行クラブ」。二年生の変人部長・神（じん）ことカミサマをはじめとするワケあり部員たちは果たして空に舞い上がれるのか？　空とぶ傑作青春小説！（金原瑞人）
か-33-4

門井慶喜
## キッドナッパーズ
その犯罪者は、なぜか声が甲高く背は低く……オール讀物推理小説新人賞受賞の誘拐ミステリー「キッドナッパーズ」ほか、楽しく機知に富んだ単行本未収録ミステリー集。（宇田川拓也）
か-48-6

海堂　尊
## ひかりの剣
覇者は外科の世界で大成するといわれる医学部剣道部の「医鷲旗」大会。そこで、東城大・速水と、帝華大・清川による伝説の闘いがあった。「チーム・バチスタ」シリーズの原点！（國松孝次）
か-50-1

海堂　尊
## ゲバラ覚醒
ポーラースター1
アルゼンチンの医学生エルネストは親友ピョートルと南米縦断のバイク旅行へ。様々な経験をしながら成長していく将来の革命家の原点を描いた著者渾身のシリーズ、青春編が開幕！
か-50-2